A Chinese Teenage Student in Singapore Alone

狮城留学少年

耿望瀛／著

文匯出版社

图书在版编目(CIP)数据

狮城留学少年 / 耿望瀛著. —上海：文汇出版社，2018.1

ISBN 978-7-5496-2432-4

Ⅰ. ①狮… Ⅱ. ①耿… Ⅲ. ①长篇小说—中国—当代 Ⅳ. ①I247.5

中国版本图书馆 CIP 数据核字(2017)第 318445 号

狮城留学少年

耿望瀛 / 著

责任编辑 / 竺振榕
封面装帧 / 张　晋

出版发行 / 文匯出版社
上海市威海路 755 号
(邮政编码 200041)
经　　销 / 全国新华书店
排　　版 / 南京展望文化发展有限公司
印刷装订 / 上海天地海设计印刷有限公司
版　　次 / 2018 年 1 月第 1 版
印　　次 / 2018 年 1 月第 1 次印刷
开　　本 / 787×1092　1/32
字　　数 / 81 千字
印　　张 / 5.5

ISBN 978-7-5496-2432-4
定　　价 / 40.00 元

序　一

新加坡国立大学常务副校长　**何德华**

由于独特的双语环境及发达的基础教育，新加坡近年来成为亚洲众多学生留学的首选地。由于我在教育领域工作，平时会比较关注新加坡的留学生群体。《狮城留学少年》的作者耿望瀛今年只有16岁，他的父亲是我的朋友。他向我推荐了他儿子这本书并邀请我作序。该书讲述的就是留学新加坡的中国中学生的故事。

留学一方面是为了学习知识，更重要的作用是学会如何快速适应新环境。《我眼中的新加坡》主人公肖扬是个勇敢又善良的中学生，独自一人在异国他乡求学。就像《鲁滨孙漂流记》里的鲁滨孙一样，肖扬要快速适应全新的环境以及应对全新的挑战。书中对文化差异做了很深刻的描写，主人公就是在与新环境的碰撞中逐渐蜕变，最终在学业、友谊和爱情上都有了很大的收获。

这是一部语言幽默生动的青春校园小说，相信会引起许多年轻读者的共鸣。书中对新加坡的生活和学习环境有着非常细致入微的描写，这得益于作者对生活的细心观察。所以读者还可以从书中一窥新加坡独特的多元文化和教育体系，对打算留学新加坡的中学生来说，算是一张了解概况的索引图。

是以为序。

序　二

新加坡中华总商会副主席
美国加州伯克利商学院校董　吴学光

新加坡治安良好，犯罪率极低且是花园国家，环境优雅，非常适宜华人居住。我身边的很多中国朋友因为对新加坡留学环境的认可，选择送孩子到新加坡留学。而同时，低龄留学的趋势也愈发显著。对此我本人是非常赞同的。

低龄留学生身上的桎梏尚少，接受能力也更强。新加坡与中国的距离很近，文化差异不大，对于低龄留学生来说，不需要太长时间的适应，也能更快地融入当地的生活，可以让孩子得到更好的教育，获得更快的成长。

而新加坡的中小学基本都是实行中、英文双语教学，整个国家也是普遍使用英语和汉语，这让孩子更好学习英语的同时，也不会遗忘母语。

但任何事情都是一体两面，低龄留学也会存在一定的问题。

由于年龄小，学生们的价值观没有完全形成，需要承受的文化冲击也更大。

而相对宽松的教育和考试制度和多元化的考核指标，在更好培养和增强学生社会实践能力的同时也会让一些缺乏自制力的学生无所适从。如果没有必要、及时的引导，留学生就会如同黑夜中的藤蔓，摆脱不了“重力”的束缚，又不能及时获得“阳光”的指引，将会呈现出不知所措的杂乱：

或不能融入当地的生活，被同学排斥，徘徊苦闷，甚至以为整个世界都在与自己为敌，性格也会变得偏激；

或盲目被同化，邯郸学步，不伦不类，终至跬步难行，所学了了；

又或是心生畏难退缩之意，抗拒留学生活，最终半途而废，未能完成学业……

这些都会让留学生迷失方向，放任自流，耽误学习，使留学的本意不能实现。

有感于此，我愈发认为这篇小说对于新加坡留学，特别是低龄留学的借鉴意义非常大！我郑重推荐给所有即将或正在步入出国留学道路的学生和他们的家长，它会帮助你们更加清晰地了解新加坡留学的全貌，更好地规划未来的学习和生活，从而让人生变得充实，收获更多！

目　录

序一　/新加坡国立大学常务副校长　何德华
序二　/新加坡中华总商会副主席　吴学光

为什么选择新加坡　/001
排斥　/006
青春宣言　/012
当选楼长　/016
历史课上的争论　/025
我要和你单挑　/033
林欣　/040
融合派对　/046
OBS(一)　/062
OBS(二)　/077

遇险 /084

获救 /097

回国 /106

距离 /113

意外之吻 /120

代表之争 /132

她是我的女朋友 /146

落幕 /153

跋 /新加坡报业控股华文媒体
集团董事（负责人） 李慧玲 161

为什么选择新加坡

如果说留学和流感一样是一种病的话，那么这种病不仅会传染，而且在不断地年轻化，从大学逐渐蔓延到中学，甚至小学！肖扬很幸运地被感染了。

肖扬，男，中学二年级，留学新加坡。

至于为什么选择新加坡，好吧，再现一下一家三口的对话吧——

杨芳(肖扬妈妈)：“英国？太贵，太古板！”

杨芳：“美国？太远，太危险！太开放！三天两头闹个什么校园枪击案，那些个女孩子，哎哟……啧啧啧。”

杨芳：“日本？肖长远(肖扬爸爸)，你在跟我开玩笑吧？”

杨芳：“韩国？和中国有什么区别?!”

杨芳：“新加坡，必须是新加坡！”

杨芳：“新加坡是中西合璧的文化交汇点，扬扬适应起来比较容易！”

杨芳:“新加坡是亚洲地区教育中心,纯正英联邦教育体制,欧美风格学分制,教学质量世界第三,亚洲第一,文凭国际认可,可以获得世界范围内的升学机会!”

杨芳:“新加坡人讲的是英文,典型的英语环境,以后扬扬的英语肯定来噻的勿得了(上海话,厉害得不得了的意思)。”

杨芳:“新加坡离家近,飞机只要六个小时,而且没有时差,安全!扬扬的三表舅就在新加坡工作,照顾起来也方便。”

……

难以想象,作为家庭主妇的杨芳突然之间好像变成了留学方面的专家。

“肖长远,儿子留学可是大事,你快拿个主意!”

肖长远放下手机,神情肃穆而郑重,似乎是经过深思熟虑一般重复着杨芳刚刚的话:“新加坡,必须是新加坡!”

“儿子,你怎么想?”妈妈象征性地问了一句。

“我——”肖扬的话还没说完,杨芳便轻拍了一下桌子——

“好!就这么定了。”

于是，留学去向问题就这样愉快地达成了一致。

梦想与现实就如同风筝与线，表面上风筝竭力挣脱线的束缚，而本质上却是线默默掌握着风筝的方向与高度，这种反差在肖扬的身上体现得特别明显，他感觉自己就像风筝一样正在向着那个叫做新加坡的国度飘呀飘呀……

新加坡的中小学母亲是可以申请陪读的，但肖扬坚定地拒绝了，这也是他答应去新加坡读书的唯一条件。

樟宜国际机场，当肖扬走出机场迎着扑面而来的溽热，他知道：新的生活开始了！

这意味着他可以丢下厚重的书包，不必埋首于漫无边际的书山学海，不必奔波于各式各样的辅导班，不必三天一小考五天一大考……总之，一种如释重负的感觉油然而生——解放了！

然而很快，肖扬便知道自己错了，错得很离谱！到新加坡的第一件事就是考试！没错，英语考试。

对于中国学生而言，英语应该算是最难的了。很多中国学生到新加坡都是“栽”在这个上面，不少学生被要求降级入学，有的甚至降两级、三级！没办法，新加坡的学校除了华文，其他课程都是英语教学，英语不好根本无法学习。

“这算是一种杀威棒吧？以后慢慢就会好了。”肖扬乐观地想。

但是他又错了，“苦难”的生活，各种的不适应才刚刚开始……

新加坡是个很精致的国家，干净、优美的环境给肖扬的印象最为深刻。无论你在哪里，到处可见碧绿的草坪、美丽的花朵和生机勃勃的热带植物，无愧于“花园城市”的美誉，而新加坡的学校则是一个个小的花园。

肖扬就读的菁华中学是一所私立学校，将近一半的学生是新加坡本地人，其他都是留学生，以中国和印度的留学生居多。

刚开始的时候，各国留学生之间多少有些隔阂，甚至连说话都很少。也正是这样的环境让肖扬不知不觉激发了强烈的民族感情。

“哥在国内中学虽然算不上学神，但勉强也算得上学霸，看哥如何用考试成绩‘打’得你们体无完肤，要你们知道在考试的世界，中国学生永远是无可争议的老大！”

但是首轮英语考试之后，肖扬便发现这个任务是多么的艰巨。

“林欣，A 班；”

“黄冠良，B 班；”

“冯妍，C 班；”

“李广荣，D 班；”

“刘安，C 班；”

“库纳勒，D 班；”

……

“肖扬，B 班。”英文老师抬头看了肖扬一眼，神情中带着一丝惊讶。

中二的英语课分为四个班级，分别是 A、B、C、D 班。A 班最优，其他依次递减，D 班则是最基础的，国内大部分的中学生应该都属于这个水平。

全班二十四人，仅五人分到了 A 班，无一例外都是新加坡本地的学生，中国留学生则大多分到了 C 班以及 D 班，肖扬是唯一一位分到 B 班的中国学生！

好吧，好吧，英语不是咱的长项。数学！数学考试一定要拿个全班第一，要狠狠地打这些自以为是的本地学生的脸！

“期末考试成绩平时分占 80%，考试成绩占 20%。”数学老师清了清嗓子强调说。

“什么？你不是耍我吧？考试成绩只占20%？”肖扬几乎怀疑自己的耳朵听错了，但他马上又给自己信心，“没关系，平时成绩还不是做题？和考试没什么区别。”

“现在布置数学作业——”数学老师转身在黑板上“刷刷刷”写了一行字。

看到这一行字，肖扬几乎摔倒！数学作业竟然是写论文！这是什么鬼？老师，你确定不是语文老师走错教室，临时客串的吧？

不管如何，肖扬明白了自己的征程任重而道远——

排斥

“肖扬——”李广荣气喘吁吁地飞奔过来，将近两百斤的肥肉极有频率地快速抖动着。

“慢点，小心把新加坡踩沉了。”肖扬笑着说。

李广荣来自北京，是肖扬的室友。

“你丫这嘴要是不损我两句能少两斤肉吗？”李广荣笑骂。

“我少不少两斤肉无所谓，你这两天体重又增加了吧？我听说当时做校服的时候要你加材料费了，真的假的？”

“去！说正经的，我听说这两天选楼长，有没有兴趣？你要参选，哥绝对投你！”因为成绩出众，又好相处，肖扬隐隐成为中国学生的头。

他们都住学校宿舍，并没有在外面租房子住。这并不是因为便宜，事实上，宿舍每个月 2 700 新币，相当于人民币 13 000 多元的住宿费，比校外大多数的出租房都要贵。但一来宿舍比较安全，二来又有学监督促学习，因此大部分的学生家长还是愿意让孩子住校的。

“没想法。”肖扬摇了摇头。

“那哪行呀，我听说库纳勒参选了，要是真让印度学生当了楼长，听他呼来喝去的，那多难过呀。”李广荣苦着脸说。

印度学生虽然很好相处，但让印度学生当楼长，李广荣还是有些接受不了。

“先不说这些了，跟我回去换衣服打球！好长时间没打，手都生了。”在国内的时候，肖扬是校队主力，一米八的身高虽然不算完美，但也不会拉低球队的平均线。

“算了，我还是在宿舍撸啊撸吧。”胖子对运动敬谢不敏。

“天天就知道蹲在宿舍打英雄联盟，再打下去恐怕你胖得连宿舍的门都出不了了!”肖扬不是危言耸听，主要是因为宿舍实在太小了。

两个人同住的宿舍只是一个不到10平方米的长条形房间，两张一米左右的床一字排开，整个房间剩下的过道就很窄了。床铺是折叠的，推上去是桌子，放下来就是床，东西多一些都放不下。

两人一进宿舍楼便看到一个垃圾桶，有些纸屑还落在了外面。李广荣厌恶地说了一声:“这是哪个宿舍的垃圾桶？怎么丢在路中央？太没有公德了。”

肖扬也是无奈地摇了摇头，很多学生在家的时候什么都不做，住校了之后低下的自理能力就暴露出来了。

“你等我一会儿。”肖扬说着到旁边拿了扫帚和簸箕，将地上的纸屑扫了起来，又把垃圾丢到不远处的垃圾房。

“肖扬你也真是，干吗做那些吃力不讨好的事?”李广荣不以为然地摇了摇头。

“举手之劳而已，不然要是谁不注意碰倒了垃圾桶，就更糟了。”

在家里的时候，这些活根本轮不到肖扬动手，不过到了新加坡，很多事就只能自己做了。

回到宿舍换了运动服，肖扬便准备去操场了。

“电脑别关，借我下载一些东西，我的还在撸啊撸。”李广荣连忙阻止要关电脑的肖扬。

“行，用完帮我关掉。”肖扬说完夹着球便离开了。

李广荣露出促狭的一笑，登录一个网址，页面上跳出“楼长竞选”的字样。他熟练地敲击键盘，输入一些简单的信息，然后点击提交。

“完美！”李广荣如同赢了一场关键大战，极为开心。

而此时，即将到达运动场的肖扬却连打了两个喷嚏。

新加坡的中小学实行半日制教学，剩下的半天则是开展各项 CCA 活动。所谓 CCA 是英语 Co-Curricular Activities 的缩写，翻译成中文就是“课外辅助课程”。新加坡政府 1998 年开始实行将课外活动纳入初级学院（高中）及理工学院升学的“入学扣分优待”；2000 年正式将“课外活动”改名为“课外辅助课程”，系统地、可量化地和可操作地将“课外辅助课程”纳入中学教育的重要组成部分。

“传球，快传球！”球场上，穿着 23 号球衣的黄冠良大声指挥着,他是中二(3)班篮球队的队长,也是绝对主力,曾经带领班队击败了高一级的班队。

肖扬是新生,目前并没有加入班队。

“加油!冠良,加油!冠良,加油……”球场旁边一大群女生为心目中的偶像卖力地加油,在国内的时候,肖扬也是享受这个待遇的。

“没有想到她也来了。”肖扬注意到了和其他人微微保持些距离的女生——林欣。

如果说黄冠良是球场上的主角,那么林欣则是课堂上的主角!几乎每一门课,她的成绩都是名列前茅的。

仿佛感觉到了肖扬的注意,林欣转头看了他一眼,神情中带着淡淡的厌恶。

“她不会是觉得我会像其他男生一样想要追她吧?”肖扬也没有在意,而是将注意力又放到了球场上。

形势对黄冠良来说并不乐观,他的个人能力很强,但是其他四名队员却差了一大截,虽说一个人可以撑起一个球队,但如果对手的实力不弱,那打起来就很吃力了。

因为大多数情况下都是孤军奋战,黄冠良的体力消耗非常严重,大汗淋漓,动作也不如平时敏捷了,之前建立的比分优势不断被对方缩小,如果不能遏制对方,恐怕比赛最终会输。其他四名队员虽然也很拼，但很难弥补技术上的差距。

“你怎么搞的？这样的球都不进！”队友又犯了一个低级的错误，情绪越来越焦躁的黄冠良忍不住怒吼，与平日里阳光大男孩的形象反差极大。

“能怪我吗？两个人夹我，连个挡拆的都没有！”队友忍不住反驳。

肖扬微微皱眉，场上内讧，这是危险的信号。

“快防守！”肖扬见对方已经发起了快攻，但作为全队的主力黄冠良竟然还在后半场和队友争执，不由着急地高声提醒。

但是迟了，对方四打三，轻松将球送入篮筐，58∶56，比分反超了。

“接球！”中二(3)班的后卫拿到球后，直接一个长传给黄冠良，也想以快攻还以颜色。

黄冠良拿到球的时候，对方的后卫也贴了上来，在体力下降的情况下，他不敢怠慢，转身投篮！正在这时，一个黄色的身影突然高高跃起，狠狠地将篮球扇了出去！篮球速度极快地飞向场边的女生群，顿时引来一阵惊慌的尖叫。

这些女生中打篮球的不多，而且力量都比较弱。肖扬不敢怠慢，连忙一个滑步冲过去，右臂一伸，险之又险地单手将球稳稳地接了下来。

“谢……谢谢！”一个女生惊魂未定地道谢，肖扬认识她，是本班同学冯妍。

最终，黄冠良并没有再次上演奇迹，中二(3)班输掉了这场比赛。

人群渐渐散去，黄冠良坐在球场边，头深深地埋进双臂，久久不愿说话。其他队员也没有陪他，各自回去了。他的身影显得有些孤独。

“不如让我加入试试。”肖扬说。

黄冠良抬头看了肖扬一眼，站起身，冷冷地丢下一句：“不用！”

青春宣言

“肖扬，我们下午去逛街，一起来吧？”不远处，刘安冲着肖扬不断地挥手，在他的身边还有四五个中国留学生。

“不了，打完球之后我还要回去学英语。”肖扬笑着拒绝。

“我去，你是我们这些人中唯一的B班，还学什么英语，在国内还没学够呀？”刘安不以为然地说。

“就是呀，一来新加坡直接就被塞进学校了，还没机会出去好好逛逛呢。我听说耐克又出新款了！”另外一名学生周航说。他是耐克粉丝，宿舍的行李柜中几乎都是各式各样的耐克鞋，很多都是限量款。

读私立学校的留学生大多家境都是很不错的，父母给的零花钱也很多，因此花起钱来大手大脚，很少有节制。像李广荣，为了玩英雄联盟，买了最顶配的笔记本电脑，各式各样的皮肤每天一换都不带重样的。

“我就不去了。”肖扬不想在逛街上花费太多的时间。虽然在中国的学生中他的英语算是不错了，但他自己觉得还差得很远，因为还有不少学生在读A班，他不想其他国家的学生把中国学生看成是一群纨绔子弟，是花着父母的钱到这里混日子的。

因此，他不愿意因为突然放宽的管教而放松甚至放纵自己，反而在和当地学生的对比中发现了自己的不足，他要在尽可能短的时间里弥补差距，这需要更多的努力，争分夺秒的努力。但大部分的中国学生因为远离父母而变得无所顾忌，学习对他们来说可有可无，或者说是他们寻欢作乐的外衣，完美的外衣！这就是中小学留学的利弊，即便是相同的环境，但催生的行为和导致的结果还是不一样的。

他不能要求所有的中国留学生都像自己一样，但起码自己不能随波逐流，迷失目标和自我。为此，他抓紧一切空余时间，啃教科书、报纸、杂志、各种宣传册，同时强迫自己尽量用英语去思考，他不要做中国学生中唯一的B班生，他的目标是A班！

“对了，方便的话给我带一个打碟机。”肖扬又补充说。自从在一次聚会中看到DJ旁若无人地打碟，掀起一个又一个的热潮，肖扬就开始疯狂地迷恋上了打碟。但是学校的选修课程中并没有这个课程，肖扬只能买一些这方面的书籍自己琢磨。很多事，追求，不必在乎结果，因此这是青春！

“你，你好……”一个怯怯的声音在肖扬的身侧响起，肖扬转头看去，是刚刚那个差点被篮球砸到的女生冯妍。她是从青岛过来的，和本地的学生关系比较好，反而和中国学生比较疏远，入学几天了，这算是她第一次和肖扬说话。

"你好。"肖扬点了点头，身在异乡，对于中国人有着一种本能的亲近。

"刚才谢谢你，不然我的脸肯定要开花了。"冯妍笑着说。

"别客气，凑巧而已。"肖扬回以微笑。他对这个面容姣好、性格温柔的女孩很有好感，单纯的那种好感。

"你的篮球一定打得很好，刚才你接球的动作很帅，像他一样。"冯妍说完之后，似乎察觉了什么，脸上露出几分红晕。

"还可以，平时爱玩而已。"肖扬谦逊，但他很快听出了冯妍话背后的意思，"像他一样？像谁？"他马上醒悟过来，冯妍口中的他应该是黄冠良。不得不说黄冠良确实很吸引女孩子注意，人很阳光，篮球也打得好，据说男孩子在体育场上挥汗如雨的样子最吸引女孩子，当初肖扬在国内的时候也很吸引女生。当然，还有最重要的一点，是肖扬现在所不具备的——黄冠良是新加坡本地学生。

再看看冯妍脸上的红晕，女孩的心思他已明白了几分。

"你能打得过他吗？"女孩问了一个她十分关心，却又很傻的问题。

肖扬不会自大地说自己比黄冠良强，但也不愿说自己不如他，只是含糊地说："没打过，谁知道呢。"说着，他一个转身跳投，篮球"刷"的一下飞出，稳稳地落入篮筐。

当选楼长

忙碌，除了青春，除了梦想，或许还有躲不开的乡愁。

十五岁的肖扬第一次离开父母就到了万里之外的新加坡，虽然可以经常视频或者打电话，但是那触摸不到的交流就仿佛一个老烟枪嗅着这空气中飘来的二手烟，愈发的难以忍耐。

"扬扬，一个人在外，千万不要委屈自己，有什么需要跟妈说。"杨芳一遍一遍重复着交代。

"好好和同学相处，不要招惹别人。"

"食堂里的饭要是不好吃就到外面吃，上次去的时候妈妈在学校附近转了一圈，有几家中餐馆，你看看合不合胃口。"

“运动完一定要先把汗擦干再洗澡，洗澡要用温水，千万别用凉水，容易感冒！”

“要是哪里不舒服记得去医院检查，不要不当回事。”

……

“知道了。”肖扬闷闷地应了一声，他怕说多了会让父母听出他声音中的哽咽。

“长远，你怎么不说话？”杨芳不满地瞪了丈夫一眼。

肖长远苦笑，刚刚杨芳霸占着摄像头，叭叭叭说个不停，哪里给他说话的机会？现在倒怪他了。

“扬扬，你长大了，是男子汉了，好男儿就应当志在四方。我和你妈都不在你身边，但你要记得好好学习，别丢人！”肖长远端起父亲的派头教训说。

肖扬面露微笑，他知道父亲和妈妈一样，很爱他，也很担心他，但是爱的表达方式有不同，不知道是不是因为长大了，他越来越能体会到父亲看似平淡的话语背后所蕴含的感情。

“爸，您要是要给我上政治课呢，我可先声明，我不交学费的。”肖扬调侃说。

“你这个臭小子！”肖长远笑骂了一句，“行了，你去吧，有事打电话。”

挂断了视频，肖长远突然拍了一下自己的脑袋："哎哟！忘记提醒他不要太早谈恋爱了。还有，你有没有问他钱够不够花？"

杨芳没好气地打了丈夫一下，埋怨说："刚刚要挂断电话的是你，现在又来后悔，你想问就再拨过去。"

"算了。"肖长远叹息了一声，"孩子长大了，终究是要离开父母的。以后这通话的时间恐怕会越来越少了。"

"怎么？现在舍不得了？要我说在国内读书多好，你非要送他去新加坡，你的心呀，真狠。"

"我？"肖长远目瞪口呆，当初要送儿子去新加坡的似乎不是他吧？但他明白永远不要和女人讲理，只能保持沉默。

"观众朋友们，每日思乡节目播送完了，谢谢收听，明天再见。"李广荣调笑说："嘿，今天不错，眼圈没红。"

"打你的英雄联盟去。"肖扬抬腿在李广荣屁股上踢了一脚，"对了，怎么不见你和家里人打电话？"

"他们工作太忙，估计都快忘记还有我这个儿子了。"李广荣耸了耸肩，无所谓地说："你可别安慰我，我很享受。吃得饱，穿得好，功课少，还能打游戏，简直是天堂一样的日子。如果有一天他们像你爸妈那样天天和我视频,我才受不了呢。”

肖扬感觉到李广荣说的不是真心话,别看他表面上一点都不在意,但内心是很孤独的。不过有些话不能劝,只能拍了拍他的肩膀,以示理解和安慰。

“对了,下午竞选楼长,别去打球了。”李广荣说。

“楼长而已,搞得像你可以决定美国总统的人选一样。”肖扬对此并不在意,拿上篮球便要出门。

“听我一回不行呀?我参选了,你去把票投给我,说不定楼长就是我呢!”李广荣一挪凳子,把宿舍门堵得死死的。

肖扬无奈,放下篮球,找了个惬意的姿势坐下来:“我就不明白你为什么非要竞选楼长,打消这个念头吧,没戏!我问过了,最近十几年楼长都是本地学生,学校是不可能让外国学生当楼长的,本地学生也不会答应。”

“说不定呢。”李广荣很固执,肖扬也只能随他。

下午3点半,楼长的人选在宿舍区的活动室中揭晓,在此之后新任的楼长需要进行就职宣誓。

让肖扬意外的是,他竟然又看到了林欣。有了上次的经验,肖扬的目光仅仅在她的身上一扫而过,未作半点停留。

学监约翰逊轻轻地咳嗽了两声，上百人的活动室顿时安静了下来。

让肖扬欣喜的是，约翰逊并没有像国内学校老师那样废话连篇，而是非常简洁地宣布："各位同学，新任楼长是——"

约翰逊的话像是一颗石子投进了平静的水面，活动室顿时议论纷纷。

"不是竞选楼长吗？怎么上来就宣布了？他不会是喝多了还没有醒酒吧？"

"是呀，我刚刚还奇怪怎么没有看到投票箱呢！原来楼长早已经内定了，最讨厌暗箱操作了！"

"黑幕！"

……

约翰逊抬起头，目光缓缓地在台下的学生脸上扫了一圈。渐渐的，议论声低了下去，终于又恢复了安静。

"新任楼长是——肖扬！"

"什么？"肖扬怀疑自己的耳朵出了问题。

"听到了吗？是你，你是楼长！"李广荣比肖扬还激动。

“会不会是重名呀？我明明记得我没报名呀。”肖扬一脸“懵逼”，无辜的眼神刚好迎上了林欣鄙视的目光，似乎在暗讽他搞小动作。

“我！我帮你报的名。”李广荣邀功似的拍了拍自己的胸脯，那天肖扬去打球了，他用肖扬没有退出的账号报的名。

“我就说你小子肯定行的。”

人群中议论纷纷，不明白为什么会是这个结果，有些人则在询问肖扬是谁。

突然，一个人提高声音说：“我抗议！”

这个声音的英语发音略显怪异，一听就是印度学生。

“是库纳勒！”李广荣低声说，“听说这小子暗地里拉了不少票，是楼长的大热门。没有想到竟然被你捷足先登了，我一想到他气得快发疯的表情就想笑。”

“我抗议，楼长的竞选分明还没有开始，为什么就有了结果？到底是什么原因？”库纳勒说。

“你想知道原因？”约翰逊微微一笑，并没有因为库纳勒的态度而恼火，“Well，我想大家可以先看看这段视频。”

约翰逊按下遥控器，活动室的液晶显示屏上出现了一段录播的图像。

“这是宿舍楼的入口。”有的学生已经认出了图像拍摄的位置。

“这个垃圾桶我见过，不知道是谁丢在了走道上。”

不久之后，陆陆续续的开始有身影出现了，几乎所有人都注意到了这个垃圾桶，但没有人去管。

“是他！”库纳勒的身影出现在了视频之中。看到垃圾桶，库纳勒的脸上露出厌恶的神情，一脚将垃圾桶踢到了旁边，弄撒了其中的一些纸屑。

“怎么能做这样的事？”有学生小声嘀咕，库纳勒的脸变得通红。

又过了一会儿，肖扬和李广荣的身影出现了。看着肖扬将垃圾整理好丢进垃圾房，整个活动室安静极了。

“我想，这应该是最好的选票。”约翰逊面露微笑转向肖扬，“Congratulate（祝贺你）！新楼长。不想跟我们说些什么吗？”

肖扬在国内是班干部，经常公开发言，他非常清楚现在应该讲什么：首先感谢老师和同学的信任，然后将自己的成绩归功于学校的教育，接下来表明自己会一如既往地为同学们做好服务，最后再次感谢。典型的“谢归用谢”的发言套路，虽然不出彩，但也不会出错，很得体。但是经历过这段时间的一些事之后，肖扬有很多话不吐不快。

他缓缓地走上台，既没有因为大家的质疑而委屈愤懑，也没有因为当选而轻佻得意。他显得很平静，超乎年龄的平静。

“各位同学，此时此刻，我想到一位我非常喜欢的诗人苏东坡的一句诗：‘人生如逆旅，我亦是行人。’”

第一次用英文演讲，肖扬的语速很慢，少了几分激昂，却让他的话更像是深思熟虑的结果，更取信于人。偌大的活动室非常安静，包括林欣在内都对他即将要说的内容很好奇。

“人生就像一列行进中的火车，没有预设轨道，也不会为谁而停留。有人在中途上车，也有人在半路下车。对我们任何人而言，其他人都只是过客，也许会同行一路，但更多的时候，我们的交集只是一个擦肩！缘分就是这么短暂。

“人生的每个阶段就如同形形色色的站台，不会因为我们厌恶而不会到来，也不会因为我们留恋而多一分停驻。很多时候，当我们感觉到了遗憾，想要回头去寻的时候，却发现已经过了站。

“因此，我们需要在每一个驿站中都能真诚面对遇到的人与事，生命的列车才会一路走得快乐，才会不留遗憾……”

肖扬的话很长，但没有人觉得厌烦，似乎所有人都被感染了。

“最后我想说的是——相遇是缘分，我会珍惜，希望大家同样珍惜。”

当肖扬的话说完，现场爆发出热烈的掌声。看似他的话和楼长的就职演讲没有什么关系，但所有人都听懂了！

“安子，我刚刚没听错吧？肖扬竟然是用英文演讲的。”李广荣突然说。

“你才发现呀？”刘安没好气地说：“刚来的时候，他只是比我强这么一丁点，但是现在……人比人还真是气死人，我是不是也该好好学习了？”

林欣看了肖扬一眼，虽然目光中没有了轻视和不屑，但依然冷漠。

肖扬也没想过通过自己的一番话就能够消除各国留学生之间的陌生与隔阂，如果把当选楼长看成是一场游戏的话，这仅仅是开始。

历史课上的争论

新加坡中学教育是四年制，中学一年级至二年级必须修读英文、华文、数学、普通科学、文学、历史、地理、图工、设计与工艺或家政等考试科目，此外还有公民与道德、音乐、体育等非考试科目。

三至四年级时，修读的基本科目包括英文、中文、数学、一门理科课程、一门文科课程与多至四门符合他们学习能力和兴趣的选修课程。学生所修读的非考试科目包括公民与道德教育、音乐和体育。

肖扬最喜欢上的是历史课。和国内教育不同的是，新加坡的历史课不用死记硬背书本上的知识，也不会考你某次大会的召开时间、都有什么内容，而是给学生一个主题，让学生自己去查资料慢慢树立自己的观点。

历史老师是印度裔，名字特别长，有二三十个字母，发音也很难，学生们大多偷懒叫她 S 老师。她有着印度人独有的深邃大眼，一头中长的浓黑卷发。她的身材极为窈窕，无论是身着传统的印度纱丽，还是现代的衬衫西裤，走起路来都摇曳生姿，不论男生还是女生都很喜欢她，当然，应该男生喜欢的多一些。

虽然有投影仪，但S老师还是喜欢在黑板上做板书。她从不看课本，却可以用极快的速度将整个黑板写得满满的，她板书时候的姿势像极了一团火焰，极有活力。

她授课的方式也极不寻常，有时她会使用苏格拉底式的问答教学，让学生们仿佛来到古希腊的课堂；有时她又会让学生扮演历史名人，重现群雄逐鹿的豪情。

当然，她不是没有引导地让学生自由发挥，她的整个过程大概可以分成五步：第一步，引导学生大量搜集事实，抛弃结论和成见；第二步，帮助学生去掉情绪化，让问题具体而明确；第三步，进行假设性思考；第四步，反向推证，找到反面的材料证据，做正反两方面的资料比对；第五步，发表和质辩，让对手互相指出论点和论据中的问题，从而得到不断完善。

刚开始的时候，肖扬对这种教授方式非常不习惯，甚至让他感觉有些无所适从。

但经过一段时间这样的训练，肖扬觉得自己的思维变得缜密了，认识变得全面了，不会盲从，也不会死抬杠不认输，脑子会很清醒。慢慢地，他喜欢上了这种教学方式。

让肖扬记忆最深刻的一次历史课，S老师抛出来的题目竟然是——"你认为留学生的涌入是新加坡获利多，还是留学生获利多呢?"

反常的是，S老师在黑板上写下了这个题目后只给了大家十分钟的时间思考和讨论，然后发表自己的观点——最真实的观点。

"老师，其实我觉得这个讨论根本就没有必要，因为结论显而易见。留学生来到新加坡无非是想要学习更先进的知识，获得更好的学习环境，当然是留学生获利。"第一个发表看法的是黄冠良。说话的时候，他的目光有意无意频频看向林欣，然而女孩低着头在笔记本上写写画画，黄冠良的这番表现明珠暗投了。

"还有不同的意见吗?"老师的目光转向了肖扬，在上一次的论辩中，肖扬表现得非常出色。

但让她惊讶的是，肖扬并没有急于表达自己的观点。

"我不同意!"急脾气的李广荣猛地站起身来，肥胖的身体差点将身前的桌子弹飞，"没错，我们是来学习知识，但我们也是付了学费的，而且是更加昂贵的学费！就像是做生意，一手交钱一手交货，怎么能单说是我们获利了呢？”

“我同意！”刘安立即附和。

“我——”冯妍站起身来，话音颤抖，顿了顿却说，“我觉得大家说的都很有道理。在新加坡我确实获得了国内无法提供的学习环境，也接触到了很多优秀的同学，这对我的成长帮助很大。”

虽然冯妍的话没有说得太直白，但却是和黄冠良一个论调。

黄冠良的脸上露出自得的微笑，冲冯妍点了点头。

冯妍立刻羞红双颊，面露喜色，似乎觉得自己做什么都是值得的。

“肖扬，你说句话呀。”李广荣知道自己的口才不如肖扬，英文表达也不利索，便戳了戳他，小声嘀咕说。

“不急，这才是刚开始。”肖扬同样小声说。在这样的场合一定要后发言，只有这样才能知道所有对手的论点并且预做准备，否则，急急忙忙地跳出来，难免会给人可乘之机。

“我的看法和黄冠良的恰恰相反。”印度留学生库纳勒站起身说，“来到新加坡的印度留学生都是极为出色的，他们的到来从一定程度上帮助了新加坡的发展。”

“一定程度上帮助了新加坡的发展?”一个清脆的女声响起，正是林欣，“如果真的是这样的话，你完全可以将聪明才智留在自己伟大的祖国啊！我倒很想看看，离开了你们新加坡会不会依然发展下去；而相反的，离开了新加坡你们又会是什么样的！依存度足以说明一切。”

库纳勒一时间无以辩解，支吾地说：“这不一样。”

“怎么就不一样呢?”林欣追问。

库纳勒面红耳赤，急切间无法有力反驳。

看着他的囧样，不少学生发出窃窃的笑声。

“这个蠢货！”肖扬暗骂一句。库纳勒的口才算是不错的，但他一上来便树错了论点，轻易地被林欣找到了把柄，一击而中！

“我想库纳勒说的很对，这的确不一样。”肖扬站起身。

“看来你能帮库纳勒回答这个问题喽?”林欣将矛头转向了肖扬。

不同于库纳勒，肖扬表现得很淡定：“首先，我想先重申一下这个题目：是新加坡获利多还是留学生获利多。

很明显，融合对于两者都是有获利的。如果无利可图，我为什么要来新加坡呢？只是我们今天要比较一下谁的获利更多而已。”

肖扬的寥寥两句话便拆穿了林欣的伪命题，干净利落。

“那你又如何论证留学生的大量涌入让新加坡获利更大呢？”林欣接着追问。

在她的问题中还是设了一个小小的陷阱，即“大量”二字！任何事过犹不及，加上数量的度，辩证起来就要复杂得多。肖扬如果纠正她的问题则会偏题，也会让发言变得冗长，很有可能被老师打断，毕竟这并不是正式的辩论赛。

肖扬微微一笑并没有理会，而是开始了一番事实充足的雄辩！

肖扬从小学起就喜欢辩论，曾经专门学习过辩论的一些技巧，对于曾经流行的花辩和雄辩两大风格，他更喜欢后者。

“首先，从历史的角度来看，新加坡的教育之所以这么出色不是天生的，而是因为留学生！大家不要笑，新加坡曾是英国的殖民地，至今仍沿袭英制的社会体系。而教育则是纯正的英联邦体制,欧美风格学分制,再加上几辈国内外的教育工作者的努力,三者共同促进才拥有了今天的地位!因此整个新加坡的教育都脱胎于外国人才和文化的涌入,甚至可以说它是新加坡现代教育的奠基,获利何其之大!”

肖扬的话震耳发聩,他将留学生偷换概念为人才和文化的交流。但一时之间却也让人无从反驳。

“其次,从现实的角度看,留学生也是大大促进了新加坡的发展。能到新加坡留学的外国留学生要么拥有智力上的优势,是国内的佼佼者,是人才,要么就是家中资本雄厚,是人财,财富的财,背后代表着资本涌入。无论是人才还是资本的涌入,都对新加坡帮助很大!”

“请不要以偏概全。”林欣立刻反驳,“肖扬同学,你应该看到正是因为留学生的大量涌入,才让新加坡的教育资源变得稀缺!也正是因此很多新加坡的公民丢掉了工作,生活难以着落,这就是你说的新加坡得到的好处吗?”

林欣说的都是事实,似乎难以辩驳。

但肖扬却微微一笑:“首先,请不要偷换概念,极少数被挤丢了工作的公民代表不了新加坡!你更应该思考,为什么他们丢掉了工作,那是因为有人比他们更合适,更廉价，更有效率，更有创造力，能为新加坡创造更多的价值！而正是外国优秀的留学生给了新加坡多了一个选择！难道这不是好处？”

肖扬指出了林欣的问题，然后以她的论据从另外一个角度反驳了她的论点，可谓精彩之极，但他的话还没有说完。

“我不想过多地评论那些失去继续学习机会或者失去工作的当地人，也许他们的生活会一时困窘。但这也让他们认识到自己的差距，迫使他们正视自己的不足，然后努力并改进。这种危机感正是一个社会不断进步的原动力！这难道不是好处？”

“说得好！”李广荣、刘安等中国留学生，甚至包括库纳勒等印度及其他国家的留学生都鼓起掌来，论辩的结果不判自明。

“你们的见解都很好。”S老师结束了这场争论，“在我的课堂上不需要墨守成规，需要的是敢于表达自己的观点！真理越辩越明，我们也会在一次次争论中让自己的认识更加全面，更快地趋向成熟。通过今天的讨论，我们可以发现：兼容并包的教育是没有输家的。”

我要和你单挑

“快！速度再快些！”操场上，中二(3)班的篮球队正在进行训练。这段时间他们的成绩并不理想，除了赢了一个公认的弱队外，其他的比赛都输了。

虽然黄冠良个人实力不错，但篮球是团体项目，缺少有力的配合想赢球实在太难了。

几场比赛下来大家的心态都发生了一些变化，对黄冠良也不像以往言听计从。

“Peter，这个时候你需要上前挡拆！挡拆！OK?”黄冠良大声呼喝。

“为什么要听你的?”Peter不服气地问。

“因为我比你强。”黄冠良一字一顿地说。

“比我强有什么用？比我强能赢球吗？我们就好像一个小丑被人在球场上戏耍！与其这样，我们不如解散好了。”Peter将这段时间里压抑着的情绪都发泄了出来。

“一遇到挫折就想放弃，为什么？输怕了？”球场边一个声音响起，正是肖扬。

“你来干什么？”黄冠良面色不善，在肖扬的身上黄冠良总是感觉到威胁，这让他很不舒服。

“我是中二(3)班的一员，为什么不能来？”肖扬耸了耸肩。不知道为什么，黄冠良对他始终有着几许敌意。

“我才不是怕输球，可是你看看我们现在这个样子，和其他班级比赛时除了球员，竟然没有任何同学加油助威。”Peter 说。

“不要怪别人，不来看是因为你们的球打得太臭！刚开始的时候班级这么多同学都过来，可是你们一次接一次地输，输得他们都抬不起头来！谁还来看你们打球？”肖扬说话丝毫不留情面。

“不关你的事！之前输的球我以后肯定会赢回来！”黄冠良不耐烦地说。

“赢回来？凭什么？”肖扬质问。

“凭我是黄冠良！”

“好！今天就让我看看你的底气在哪。我，和你单挑！”肖扬淡淡地说。这才是他今天来的目的。

他已经看明白，单纯的尊重和忍让只会让对方认为你软弱可欺！要想融入这个团体，获得尊重，只有用实力说话。

这是第一次有人公然挑战黄冠良，而且还是中国留学生！

中国留学生给人的印象要么是贪图玩乐，要么就是极为刻苦，顶着厚厚的“酒瓶底”，运动的能力极差！篮球场上根本找不到中国学生的身影。

而现在中国留学生肖扬竟然向一直以班级篮球第一人自居的黄冠良发起挑战?!

“你是在开玩笑吗?”黄冠良发出一声嗤笑。

“怎么？不敢?”肖扬挑衅地说。

“来!”黄冠良将球推给肖扬，球速极快，力量也很大。

肖扬双手稳稳接住：第一回合，肖扬攻，黄冠良守。

Peter 等人纷纷让开了位置。

“肖扬加油!”身后传来胖子李广荣的声音。

不仅李广荣，班里的中国留学生都来了。身在异乡，留学生之间特别团结。

冯妍看了看肖扬，又看了看黄冠良，神色复杂，并没有说话。

“咚、咚，咚……”肖扬慢慢地运着球。

对面黄冠良全神戒备，虽然口中说得轻松，但他没有一丝一毫的放松，他能感觉出来这个中国学生是高手。

“来了！”肖扬的动作突然变得飞快，静若处子，动若脱兔！

“左边！”黄冠良一个滑步，想要遏制住肖扬。

“好快！”他没有想到肖扬的速度那么快，竟然有突破的趋势！

“想突破？没那么容易！”黄冠良的身体素质非常出色，强行又迈出半步封堵，身体重心都有些不稳。

正在这时，他突然看到肖扬的脸上露出一丝笑容！

“上当了！”黄冠良脑中闪出不好的念头！

果然，肖扬一个漂亮的运球转身便将黄冠良甩在了身后！此时，黄冠良的重心已失，想要再次封堵已经来不及了。

肖扬一个漂亮的上篮，篮球应声入筐！

1∶0！

“好！”李广荣等人顿时大声地加油鼓劲。

“你很强。”黄冠良并没有因为防守失败而显得沮丧或者暴躁，而是冲肖扬竖了竖大拇指。

“换你了。”肖扬将球抛了回去。

“你小心了，我会拿出全部的实力！”黄冠良如同猎豹一般，摆出了进攻的姿势。

“很期待。”肖扬也并没有得意忘形，更没有出言讽刺。

“左边！”黄冠良似乎是想以彼之道还之彼身，进攻的方式与肖扬如出一辙。

肖扬身体后撤，一个滑步向左封堵。

黄冠良转身向右突破，看样子想在同样的位置进球！肖扬跟着向右。

正在这时，黄冠良的脸上露出一丝笑容，身体竟然再次改变方向——向左！

“糟了！”李广荣等人看到黄冠良半个身子已经突破肖扬，不由大为着急。

然而下一秒他们便不可思议地睁大了眼睛。因为刚刚还在黄冠良手中的篮球不知什么时候竟然已经到了肖扬的手中！

“安子，我没看错吧，球怎么到了肖扬手里了？难道他学会了江湖上失传已久的绝学——猴子偷桃？”

“Go die（去死）！你见过那么大的桃子吗？”刘安笑骂。

防守成功，2∶0！

“好强！”Peter赞叹，“以前一直觉得黄冠良是咱们班最厉害的，现在才知道什么叫深藏不露呀。”

“再来吗？”肖扬笑问。

“我输了！班队以后是你的了，我退出。”黄冠良的脸上露出沮丧的表情。

“我去！完胜呀！以前某人还一副老子天下第一的尿性！认怂了吧？”李广荣仿佛是自己胜利了一般。

“胖子，少说两句。”肖扬制止了李广荣，然后转向黄冠良。

“第一，班队不是我的，也不是你的，它是一个集体，你、我、Peter……这里每一个人都是这个集体的一员。”

Peter等人纷纷点头，肖扬的话让他们找到了存在感。

“第二，你也不需要离开班队，你很强，班队需要你。”肖扬接着说。

“你在嘲讽我？”黄冠良怒视肖扬，虽然他输了，但决不允许他人奚落。

“不，我说的是实话。”肖扬语气真诚，“我能赢你不是因为我比你强很多，而是因为我了解你，而你对我一无所知。”

“我知道你的防守习惯才能出其不意，一击得手！我了解你运球的习惯，所以才能在你转身的时候断掉你的球。可以说今天并不是一场公平的比赛。我想，我们可以在一起打了一段时间之后再单挑一次，敢吗？”

肖扬伸出右手。

黄冠良迟疑了一会儿，最终握住了肖扬的手。

“谁怕谁？到时候我一定让你好看！”黄冠良说。

周围的同学也围了过来。

“欢迎肖扬加入！”黄冠良大声说。

“欢迎肖扬！”

这一刻，肖扬知道自己的路选对了！

随后，在肖扬和黄冠良等队友的共同努力下，中二(3)班篮球队一改颓势，取得了三连胜！班级的同学又开始来看比赛了，看着班级中女生一个个小脸通红地为自己呐喊助威，队员们有了前所未有的自豪！

身着 14 号球衣的肖扬也被越来越多的人所熟知，他们都知道中二(3)班除了黄冠良之外又出了一个毫不逊色的强手，很难对付，而肖扬也逐渐成为了中二(3)班学生的骄傲！

林 欣

食堂中，肖扬一个人安静地吃着晚饭，又是一个孤单的周末。

李广荣还在英雄联盟中厮杀，已经到了废寝忘食的程度。刘安和其他同学又出去溜达了，虽说他们大多都来自国内的大城市，但新加坡的繁华和新鲜对他们有着极大的吸引力，再加上父母给的生活费很高，就更给了他们挥霍的资本。

各种各样的美食，奢侈的生活用品都是他们平时追逐的内容之一。

如果不是新加坡酒吧不允许未成年人进入，恐怕克拉克码头的酒吧早就成为他们流连忘返的营地了。

肖扬的晚餐很简单，两菜一汤，4 新币，人民币 20 元。吃完饭之后他还要回去练习打碟。

“不介意我坐这里吧?”一个悦耳的声音响起，竟然是林欣!

"当然不，请坐。"肖扬微微一愣。食堂内的空位很多，林欣偏偏选择和自己同桌，看来是有话和自己说。

如果让其他同学看到林欣主动接近男同学恐怕会大跌眼镜，一直以来她都是清冷的，不太和男同学接触，偏偏成绩又好，人又漂亮，不可避免地成了班级的焦点，甚至吸引了不少其他班的男生。

"你的球打得很好。"林欣说，最近几场篮球比赛她都有看，肖扬在场上的表现非常出色。即便出现"手冷"的情况，他也能凭借自己的技术和经验给队友创造机会。

"谢谢！"肖扬微笑。

林欣本以为说到肖扬擅长的运动，他一定会得意地大说特说在篮球场的种种"壮举"；或者经过多少辛勤练习才达到今天这个水平；甚至有可能贬低队友，凸显自己的重要，话里话外都在暗示自己可以做得更好，是队友拖了后腿等等。

然而都没有！除了一个简单的谢谢，竟然连多一个字都欠奉！

他有着高度的自制力，知道克制自己的表现欲望——林欣暗暗判断，因此对肖扬也愈发地好奇。

"你好像很少和他们一起出去玩呀，为什么？"林欣顿了顿,又问。

“我很穷。”肖扬微笑,依然言简意赅。

“哦!”林欣看着肖扬面前简单的菜式突然明白了,看来中国的留学生并非都是土豪呀。

“你可以申请助学贷款的,有什么需要,我们这些同学也会帮你的。”林欣真诚地说。

“啊?”肖扬一笑,看来林欣误会了自己的意思,不过他还是感受到了林欣的善良。

“我的意思是说,我是时间的穷人。人的一生实在太过短暂了,而我有太多的事情想去尝试。”肖扬说。

“这样呀。”林欣小巧的脑袋微微一侧,显得有些俏皮。

“怪不得你选了那么多 CCA 课程。其实我也有这种感觉,但是我觉得一个人的精力有限,如果把精力分散到这么多事情上,恐怕每一件事都做不好。”林欣善意地提醒。

“我明白。”肖扬点了点头,“可我认为做很多事不需要考虑那么多的功利性,也不一定要求个什么结果,喜欢就去做,也就没有那么多的计较。当我老去的时候,不一定会为现在做错了什么事而后悔,但肯定会因为没做什么事而遗憾。”

肖扬的话林欣听得很认真，也有些动容！

“我发现和你聊天真的是一件让人愉快的事。”林欣说，这是她真实的感受。

“我也是。”肖扬微笑。平时李广荣、刘安他们可没耐心听他说这些。而且林欣如此漂亮，语音中带着新加坡特有的嗲味，阵阵馨香扑鼻，确实让肖扬感觉舒服。

“说说你吧，你是不是出生的时候带着上辈子的记忆？”肖扬问。

“嗯？”林欣一时之间没明白肖扬的意思。

“你的成绩呀！真不知道你是怎么学的，我觉得自己已经很努力了，可是距离你还是差了这么一大截。”肖扬伸手比了比。

女孩莞尔，笑靥明媚。

“如果你把所有时间都放在学习上，你一样可以。”

“所有的时间？”肖扬做个了打冷颤的动作，“太恐怖了！看来这辈子是别想追上你了。”

“怎么？原来在你心里一直想着追我呀？”林欣白了肖扬一眼。

但接着两人都察觉了话语中的歧义，不由觉得好笑。

“我很小的时候妈妈就跟我说要好好学习，这对她来说可能是这辈子最骄傲的事情了。”林欣神情有些暗淡，“所以，从一上学开始我就成了学习的机器，除了学习几乎不会做其他任何事，所以也一直是班级的第一。”

和肖扬之前了解的不同，并不是只有中国人关注孩子的教育和成绩，新加坡也是一样，甚至犹有过之！他们将孩子的成绩上升到一个新的高度，甚至关系到家庭的荣辱：孩子成绩好，父母就会觉得很自豪，很有面子；反之，父母在别人面前都抬不起头来。

“你背负的太重了。”肖扬觉得面前的女孩有些可怜。

“你呢？为什么会到新加坡读书？你不会是像库纳勒说的那样来拯救我们落后的新加坡吧？”林欣促狭地说。想起那天历史课上的辩论两人不由又都露出笑容。

“老实说，能够在中学就走出国门求学是我的幸运！新加坡的教育模式是一方面，但最重要的是没有了父母的羽翼庇护，我觉得自己每时每刻都在成长！而且，身边有这么多优秀的同学，让我不会做井底之蛙！我明白自己缺少什么，明白自己想要追求什么，我过得充实无比！”肖扬感慨地说。

“可是并不是所有的中国学生都像你这样想哦。”林欣说的是林广荣、刘安他们。

“每个人都可以选择自己的路，也因此每个人的人生道路才不会千篇一律。否则千人一面，任谁也受不了。”肖扬替他们辩解。

“对了，上海是什么样子的呢？”林欣问。

“上海很大，也很繁华，可以说一点都不输新加坡的繁华……”肖扬向林欣介绍上海：外滩的情调，城隍庙的历史，浦东的发展速度……让林欣频频发出赞叹。

接着肖扬又说起了国内上学的趣事，逗得林欣咯咯直笑，完全没有了平日里的清冷。

“小时候最糗的就是偷爸爸的酒喝，可不是红酒或啤酒，而是五十六度的二锅头呀，只小小的一杯我就醉倒了，事后被爸爸一顿揍呀，现在想起来屁股还疼呢！”

“真没看出来，你小时候这么调皮。”林欣调侃说。

“这不算什么，后来我还和同学偷偷去了酒吧。”肖扬说。

“酒吧好玩吗？我还从没去过呢。”林欣好奇地问。

“好玩，也不好玩。”肖扬挠了挠头，“不如下次我带你去。”

“好呀，好呀。”林欣连连点头。

“真羡慕你，生活多姿多彩。”林欣由衷地说。

这时，餐厅另外一片的灯关掉了。

“呀？这么晚了呀！”林欣惊讶地说——餐厅关灯代表已经是 9 点了。

“我们回宿舍吧。”两人将餐具收拾了一下送到了收集区。

校园内夜风习习，送来一分清凉，两人的身影在路灯下拉得很长，显出不真实的幻影。

融合派对

经过食堂的交谈，肖扬和林欣的关系拉近了不少。但平时两人的交流还是不多，只是偶尔目光触碰时默契地一笑，自觉与之前有所不同。

“肖扬，我怎么听说今年的融合派对是由你负责筹划呀？”李广荣眼睛发亮地问。

新加坡是一个多民族聚居的国度，为了促进民族融合，新加坡政府出台了一系列的措施，比如保留各民族的传统节日，这让新加坡拥有了众多的节日：如中国传统的春节、清明节、端午节、中元节，还有其他民族的节日，如卫塞节、开斋节、哈芝节、屠妖节等等。

新加坡的中小学是新加坡社会的缩影，学校为了促进学生之间的融合，每年都会举办融合派对。而类似派对这种学生活动都是学生自己成立委员会组织策划和操办的，老师仅仅是在过程中给予辅导。肖扬也没有想到约翰逊为什么会把融合派对这么大的活动交给他这个入学不到半年的新生来组织，毕竟学生委员中还有很多有经验的学长学姐。

挑战很大，但肖扬还是勇敢地接下来了，而且他的心中已经有了方案！

“是呀，怎么了？”肖扬点了点头。李广荣的嘴巴太“松”了，肖扬担心他四处宣扬，所以并没有告诉他。

“还怎么了，我觉得你不去中央情报局做保密工作真是可惜了！我和你同居这么长时间，哪一次有事我不是第一时间站到你的身边？发生这么大的事你竟然不告诉我，你说你像话吗？像话吗？像话吗！”李广荣激愤地抱怨。作为百事通的他竟然是从别人的口中得到自己室友的消息，这对他来说简直难以接受！

“说清楚，什么叫同居？”

“不要打马虎眼，说重点！为什么不告诉我，你知道这对我造成多少伤害吗？你知道我脆弱的心灵现在碎成多少片了吗？你知道……”

“道具组负责人——”肖扬并不理会李广荣的情绪发泄，而是轻描淡写地说了六个字。

“少拿这些来糊弄我，你这是对我的侮辱，现在是在批判你，态度端正些！”李广荣的情绪更加激动。

“爱接不接！”肖扬又说。

“成交！”仿佛怕肖扬反悔一般，李广荣忙不迭地答应。

“正好，今天要采购一些道具，你叫上刘安他们下午跟我出去一趟。”

“哟！大楼长这是要上演道士下山啊？”李广荣调侃说。肖扬平时很少出去，所以被看成闭关修炼的道士。

“贫不贫呀你！还不快去，当心我撤你的职。”肖扬又是一脚踢在李广荣的屁股上。

下午，肖扬一行人正要离开学校的时候碰到了冯妍。

“肖扬！”冯妍老远便招了招手。

相比于刚到新加坡的时候，冯妍变化很大，特别是这段时间，她的脸上笑容跳跃，从里到外显着喜气。

“冯妍，你也出去吗？一起吧?”肖扬担心冯妍一个女孩子在外面有危险。

“不用了，我有约了。”冯妍小手摆了摆。那种感觉似乎不愿让人知道她和谁有约，但又有些想让别人知道，是一种很矛盾的心情。

“你们不知道吧，冯妍和黄冠良在一起了。”刘安说，“上次我在星巴克撞见了。不过我答应他们给他们保密的，你们可别说出去呀。”

肖扬看了李广荣一眼，心想你告诉了胖子还不等于公告天下呀！

采购道具这种事一般来说由本地学生做最合适，但刘安、李广荣等人经常出去逛，这小半年的时间早已经成了半个本地人。

一行人直奔两家历史悠久的新加坡金字品牌百货商场罗敏申（Robinsons)和诗家董（TANGS)进行大采购。

“什么道具组组长！说得那么好听，说白了不就是个苦力?”胖子拿的东西最多，一边呼呼地喘着粗气，一边哼哼唧唧地抱怨。

“要我说，最没意思的就是这种学校组织的派对了，我问过学长，每次融合派对都是找各国学生代表出来表演一些节目，太枯燥了。”刘安也说。

“我也这么想！”如果不是两手都拿着很多东西，李广荣早就拍着大腿赞同了，“要我说，今年咱们改变一下形式。”

“行呀胖子，和我想到一块去了，你想到什么比较新颖有趣的形式了吗？”肖扬赞赏地说。

“那是自然。我早想好了，找一群人一字排开打撸啊撸怎么样？那绝对够火爆！”李广荣一本正经地说。

肖扬差一点一口鲜血喷出来！“好吧，算我没问。不过讲真，这次的融合派对会有不同哟。”

“什么不同？”刘安问。

“保密！”肖扬一副“不可说”的神情。

刘安和李广荣悄悄地对视了一眼。

“切！少来吧，还说什么保密！我看根本就没想法。”李广荣“不屑”地说。

刘安马上附和。

“激将没有用。”肖扬丝毫不吃这一套。

多天的忙碌之后，终于迎来了融合派对。学校的活动室内各项准备工作已经接近尾声，派对即将上演。

“场地组，场地布置完毕了吗?”肖扬手握对讲机，略显紧张地问。这种事对他来说是大姑娘上花轿——头一遭！真心没经验！

“完毕!”负责场地布置的同学回复。

“演出组，人员都到位了吗?”

“道具组，所有物料都到位了吗?”

“接待组，同学们在 18:00 开始进场，老师们在 18:30 进场，做好接待准备!”

“摄影、摄像组，你们要发挥狗仔队的精神！摄像要三机位全开，务求能够 cover(覆盖)每个角落！摄影要多拍、抓拍，今天晚上我要你们必须把内存卡拍爆！在你们的镜头里我需要每一个参加同学的脸，不能漏掉一个。会后我们会制作纪念相册和 VCR，因此这拍摄至关重要!”

“应急小组，分区巡场，做好补位。”

……

控制室内，肖扬又在脑海中过了一遍所有的环节，直到觉得没有任何疏漏，这才松了一口气!

为了办好这个派对，他特意借阅了活动组织方面的书籍，仔细学习了其中的方方面面，将所有组委会的同学分成各个功能组，各司其职，一切都显得井井有条！连很多参加过以往派对组织工作的学长学姐都暗暗佩服，还以为他很有经验呢！

17:55 分，好戏即将开场了。

“叮咚！”肖扬的手机上多了一条新信息。

“怎么样？大导演，我们这些吃瓜群众可以进场了吗？”是林欣发来的。

“恭候大驾光临！”肖扬回了一条信息，然后把手机调成震动，走向迎宾区。

“哇！好漂亮呀。”到来的同学看着焕然一新的活动室，纷纷发出惊叹！

脚下象征着四大民族的灯光如同四座桥梁一般通向大门！踩在上面会发出钢琴琴键敲击的声音，就如同奏响一支动听的乐曲。

大门前灯光绘就的拱门让整个活动室变成了童话故事中的城堡。

既然是融合派对，肖扬当然要融入四大民族大融合的元素，并且力争在入场仪式上就把这一概念牌打出来，制造出先声夺人的效果。

“有些想象力。”远处，校长 Madam 卢语气平淡地说。

在她身后的几位老师面露微笑。Madam 卢平时非常严厉，很少夸赞学生，能得到她这样一句评语已经是很难得了。

“时间差不多了，咱们走吧。”Madam 卢带领着老师代表们走向活动室。

“10、9、8……”远远地，会场中传来学生们倒数的声音。

“以为是迎接新年吗？还倒数，夸张。”Madam 卢皱了皱眉。

“3、2、1！”

当大家数到“1”的时候，四条如同彩虹一般的桥梁突然“流动”起来，最终，所有的光线都在大门处汇聚，并“融合”为一个光彩照人的球体！

闪烁的球体流光溢彩，极为漂亮！正当所有人都以为这就是全部的时候，突然，“嘭”的一声，光球炸裂开来，变成了一棵光树。树上的光点如同果实，又如同繁星一般洒落下来。现场如梦似幻。

“四条彩虹桥代表着四大民族，而光球则象征着四大民族的完美融合，这不是光球，而更是一颗种子，最终孕育成友谊的参天繁木！”

一位老师在解说整个入场仪式灯光秀的含意。

“你是觉得我这个古板的老太婆看不懂吗?”Madam卢说，接着她又转向了派对的辅导老师约翰逊。

“据我所知，整个派对的预算恐怕都不足以cover这个灯光秀吧？是你追加了预算?”

“预算并没有增加分毫，至于为什么可以做到这些，对不起，我想一会儿您可以直接询问组委会的同学们。”约翰逊微笑着说。以他对校长的了解，她对开场是非常满意的。

有创意！有气氛！有内涵！肖扬真是不错的PM（项目经理）！

当Madam卢等人走进活动室却惊讶地发现，活动室并没有按照预想的那样摆成剧院式，大家更没有像以往历届那样安安静静坐在下面等待看表演。现场灯光昏暗，学生们三五成群喝着饮料，聊着天，像极了酒吧！

“谁能给我解释一下这是怎么回事?”Madam卢语气不善。

“校长，我想还是等一会后再决定是否要大发雷霆吧。"约翰逊轻轻地说。其实他的心里也没有底。肖扬只是跟他说了大体的流程,他还觉得有创新突破,是一个很好的想法,但他从来没说过要将现场布置成酒吧呀!因此约翰逊也是被"惊喜"了,不过此时此刻,他又不能告诉校长自己并不清楚情况,否则就是没有做好辅导。权衡之下,只能说了这么含糊的话,寄希望于肖扬能够挽回局面。

"老师们,同学们,请将你们的目光集中到这里!"肖扬跳上舞台,摆了一个超酷的姿势。原本的西装已经换成了新潮的小夹克,头上戴了个夸张的假发,再加上具有煽动性的语言,现场顿时响起此起彼伏的呼应声。

"今天是融合派对,我们不要形式上的节目汇演,我们更不要当吃瓜群众!因为我们是主角,是主宰,这里的一切由我们自己决定,同意的请伸出你的右手,跟着我大声说:Y—e—s!对,就是这样!"

寥寥的几句话便点燃了现场的氛围。旁边的冷焰火适时地喷发,让人不自觉的有些躁动。

"让我们脱掉所有的面具,展露真实的自我,尽情疯狂吧!音乐,起——"

顿时快节奏的音乐响起,随着音乐六名印度裔女生穿着火辣的民族服装走上台，跳起了印度舞；几分钟之后，中国和马来西亚的学生相继上台，扭动起本民族的舞蹈，紧接着越来越多的学生开始跳上舞台！舞台上拥挤不堪，但是气氛却非常的好，台上台下跳成一片！

“校长，非常抱歉！”约翰逊一阵心虚，他真没有想到肖扬竟然会“玩”这么大。

“你没有必要道歉，他们做得很好。”Madam 卢语气平淡地说。

“啊？”校长不会在说反话吧？

“我突然觉得，只有这样才是真正的融合！这是我见过最好的一次融合派对，没有之一。”Madam 卢语气肯定地说。

约翰逊暗暗松了一口气，然后 Madam 卢接下来的话又让他目瞪口呆。

“我喜欢这音乐！它让我想起了家乡，想起了小时候。”Madam 卢又说。这时她的身体竟然随着节拍微微有些扭动，过了一会，她仿佛醒悟过来，转身对身后的老师代表们说，“你们还愣着做什么？一起来吧，拿出你们的热情来。”

有了老师们的加入，现场的气氛更加火爆了。

“老了，跳不动了。”Madam 卢擦了擦额角渗出来的汗珠。

“不，您前所未有的年轻。”约翰逊由衷地说。

“好了，我现在很想见一见这次派对的总负责人。”Madam 卢说。此次融合派对给了她很多意外惊喜，她需要问个清楚。

“Madam 卢您好！我是肖扬。”肖扬一路挤了过来，神情略微有些拘谨。从传言中，他已经对 Madam 卢有些了解了：古板、守旧、一丝不苟！说实话，今天的行为确实有些大胆。

“肖扬，你来自中国？”得到肯定的回答后，Madam 卢更加的惊讶。在她的印象中，中国的学生一般长于学习，疏于创造，而且谨小慎微，特别遵从师长。但是这些在肖扬的身上竟然一点都没有体现出来。

“今天的派对花了不少钱吧？”Madam 卢直奔主题。

“是的，整个派对除了灯光秀，还有各种道具、布景，包括人工，一共花了 4 800 新币。”肖扬毫不隐瞒地说。

“据我所知，学校的预算只有 2 000，另外的 2 800 是从哪里来呢？”在得知肖扬来自中国的时候，她就猜测肖扬家庭比较富裕，为了取得好的效果，他自己拿钱了。如果是这样，Madam 卢会比较失望。

但没有想到的是，肖扬微微一笑说："赞助。"

"赞助？为什么会有赞助？"Madam 卢饶有兴趣地问。

"很简单，赞助的企业都是与学生产业相关的，我答应他们在派对之后会制作纪念相册和视频，这将放在校园的网络上，而在相册和视频中会植入赞助企业的品牌宣传。两千多新币的广告费对于一个企业来说并不算什么，却可以获得这样的宣传，提升知名度，这样的生意不算赔吧？"肖扬简要地说。

"纪念相册和视频？"Madam 卢重复着肖扬的话，"这真是一个双赢的生意。"

"正是！"肖扬说，"我希望每一次的融合派对都是不一样的，都能让同学们留下深刻的印象，只有这样，派对才不会流于形式，同学们才会愿意参加。若干年后，当我们再次翻开过往每一年的相册，浏览每一年的视频，我们可以看到曾经的青春是那么美好，曾经的笑容是那么温暖。"

"你一个出色的演说家，我都快要被你打动了。"Madam 卢欣赏地说。

约翰逊站在 Madam 卢背后悄悄地松了一口气，并冲着肖扬竖了竖大拇指。

肖扬调皮地眨了眨眼睛。

“不过，我还有一个问题。”Madam 卢的笑容一展即收，“今天喝的都是酒吗？你知道，中学生是不允许喝酒的。”

肖扬并没有回答这个问题，而是招呼了一下，一位学生志愿者便端过来一托盘的饮料，上面的瓶子确实很像酒。

“Cheers!”肖扬自己拿了一瓶，又递给 Madam 卢一瓶，微微碰了一下。

Madam 卢将信将疑地喝了一口手中的饮料，眉头顿时舒展开了。虽然这些瓶子像极了酒，但却是不含酒精的碳酸饮料。看来眼前的这个男生很有分寸，既挑动了氛围，又没有逾越，真是难得。

正在这时，音乐突然停了下来，舞动的人群一阵疑惑，纷纷询问。

“DJ 吃坏了肚子，憋不住上厕所了，可能要等一会，怎么办?”应急组学生的声音在对讲机中响起。

“对不起，我要过去一下。”肖扬说。

“去吧，回到你的岗位，完成你该做的事。”Madam 卢很想看看肖扬的危机处理能力。

却见肖扬走到 DJ 的位置，一个健步跳了上去，高声大叫："大家跳起来！"然后接替了 DJ 的位置，在一片不可思议的眼神中熟练地打碟。

肖扬真的像他表现出来的淡定吗？当然不是，但是此时此刻容不得他犹豫！虽然他的打碟水平还不算过关，但现在需要的是气氛，是音乐，而不是技术。现场立刻再次疯狂起来。

"我们别扫了孩子们的兴，一起跳动起来吧，我可还没老哟。"Madam 卢扭动起了她穿着西服的身躯。

林欣看着高处忘我打碟的肖扬，嘴角浮现一丝笑容。

她明白肖扬之所以把融合派对办成酒吧的形式一定程度上是因为她。他并没有忘记当日在食堂中的诺言。

谁都没有想到今年的融合派对会让人如此沉迷。Madam 卢在呆了半小时左右的时间后便悄悄地离开了，学生们玩得更加尽兴。

"Hi，怎么样，喜欢酒吧吗？"不知道什么时候肖扬来到了林欣的身边。

"嗯，很喜欢！"林欣微笑着点了点头，举杯和肖扬碰了一下。

"不过可惜，不能喝真正的酒。"林欣又有些无奈地说。她知道能做到这一步已经很不容易了,如果真要喝酒的话,Madam 卢就要喊停了。

“是呀。”肖扬见林欣手中的饮料快要喝完了,便又给她换了一瓶。

“Cheers!”肖扬举杯。

“Cheers!”林欣被肖扬故作成熟的行为逗笑了,喝了一口手中的饮料。

突然,她美丽的眼睛一下子睁大,紧接着被呛得咳嗽了两声。

“这是——酒?”伊人的眸中满是难以置信的光芒。

肖扬连忙做了个噤声的手势。林欣醒悟自己的声音有些大了,压低声音:“哪里来的?”

“华文课上老师有教过的,这就叫鱼目混珠!不喜欢就不要勉强。”肖扬笑着说。他猜到女孩只是好奇,可能喝不惯。

“我再尝尝,这个味道很怪。”林欣又尝了一口,这一次有了心理准备,没有被呛到,俏脸变得更加红晕娇艳。

“肖扬——”林欣叫他。

“嗯?”

“谢谢你!”林欣说得很郑重,她的眸中有一种说不清道不明的东西,让肖扬心动。

两人一下子陷入了沉寂,气氛也在慢慢变味。

正在这时,一个声音响起:"肖,原来你在这里。"——是学监约翰逊。

"Hi,约翰逊,感觉如何,还满意吗?"肖扬笑着问。

"你简直让我惊喜! 这是我见过的最好的融合派对,没有之一。"约翰逊学着 Madam 卢的神情说。

两人一起笑了起来。

"约翰逊,你知道我是新生,之前也没有任何经验,为什么敢把融合派对这样的事交给我来负责呢?"肖扬问出了他一直都疑惑的问题。

约翰逊微微沉吟,慢慢地说:"我觉得一个学生的成长比一个派对的成功更重要! 我相信你!"

OBS(一)

"今天是我最开心的一天,谢谢你!"当曲终人散,正在指挥学生志愿者"打扫战场"的肖扬收到了林欣的信息。

“Me too!”肖扬轻快地点了发送键。

“虽然很俗,但还是要说,你做得太棒了! 很多同学都在赞你呢。”

“唉! 能力太强,想低调都难。”肖扬回复,最后还特意加了一个自恋的嘿嘿笑表情。

“臭美!”林欣噗嗤一笑。

过了一会,林欣又发来一条信息:“这次的 OBS 你报名了吗?”

OBS 的全称是 OUTWARD BOUND SINGAPORE(野外生存训练),持续五到七天 。一般是在中三举办,但中二或 JC(高中)的学生也可以报名参加。

“报名了,已经通过体检了。你呢?”肖扬回复,OBS 是新加坡中学里最有特色的体育项目,怎么能错过呢!

“嗯,我也参加。可是我有些担心,听说 OBS 很难哦。”林欣似乎颇为烦恼。

“不用担心,有我呢。”肖扬安慰说。

“和谁发信息呢? 瞧你笑得那么贱,肯定没有好事。”李广荣凑过来看肖扬的手机。

“去! 隐私懂不懂?”肖扬将手机收了起来。

“切,不用看我也知道肯定是女孩子!可惜呀,你现在才开窍太晚了,冯妍已经被黄冠良拐走了。”李广荣叹息,冯妍在中国的女生中算是比较漂亮的一个了。

“看来给你分配的工作太少了,你竟然还有空聊天。”肖扬的脸上闪现恶魔一般的笑容。

“你可别太过分呀!我这都瘦了一圈了。我就说说而已,不就是和女孩子聊个天嘛?多大的事儿?想当初我在国内的时候,有个校花还倒贴我呢!你丫要是能和林欣这么聊天,哥们才真佩服你,我听说黄冠良追过林欣,碰了一鼻子灰。”林欣一贯清冷,有冰雪美人的称号。

肖扬一笑,还真被胖子说中了,自己就是在和林欣聊天,不过他不可能告诉胖子,就冲他这嘴,恐怕不到明天全校都知道林欣和肖扬聊天了。虽然他俩并没有什么事,但也架不住谣言。

肖扬安慰林欣说会照顾她,但其实他对 OBS 也不甚了解,看来要预先查查资料,做更多的准备了。

接下来的两天里,肖扬蜕变成了一个购物狂,各种野外生存用品将香囊塞得满满的。

李广荣也在打包行李,不过他是为回家度假做准备。

新加坡中学分为两个学期,每个学期又分为两个学度。第一学度从 1 月 4 日到 3 月 11 日,3 月 12 日到 3 月 20 日有一周的假期;第二学度从 3 月 21 日到 5 月 27 日,5 月 28 日到 6 月 26 日有一个月的假期;第三学度从 6 月 27 日到 9 月 2 日,9 月 3 日到 9 月 11 日有一周的假期;第四学度从 9 月 13 日到 11 月 18 日,然后会有一个半月左右的假日。

3 月的一周假期李广荣没有回去,这次是一个月的假期,如果再不回去的话,恐怕父母要到新加坡押解他回京了。

“有些时候我真不知道你是怎么想的,明明中三才要过这一关,你偏偏中二就尝试,自讨苦吃呀。”李广荣躺在床头,优哉游哉地说。

“我们出来读书不就是为了多学些东西,多经历些事情吗?”肖扬不为所动。

“行行行,你觉悟高。对了,我听说黄冠良也参加了 OBS 了。”

“他也参加了?”肖扬有些意外。

“哈哈,这你就不懂了吧? 因为林欣参加了,所以黄冠良必然也会参加。”李广荣一副智珠在握的欠扁模样,接着他脑袋开窍一般,“肖扬,你不会也是因为林欣才参加的吧?”

“翻滚吧牛宝宝(滚犊子)!”

……

第二天一早6点左右肖扬便醒了,洗漱完之后他便拖着行李下楼前往集合地点——主楼下的空地。李广荣也没有睡懒觉,他的航班是上午的,又是国际航班,必须早点去机场。

那里已经三三两两地来了不少人,大多是中三的学长。中二报名的学生比较少,只有十多个被单独编成了一队。

“肖扬!”林欣挥手示意,白色的长裙在清晨的威风中显得飘逸而灵动。

“这么早呀。”肖扬来到林欣的身边,上下打量了一下,“你就准备穿这个OBS呀?”

“没有,装备在行李箱中呢。对了,你还没吃早饭吧?我带了很多好吃的。”林欣一边说一边拉开行李箱,肖扬发现里面一半是衣服和洗漱用品,一半就是零食了,不由暗暗觉得好笑,原来门门功课都出色的林欣也有如此“小白”的一面。不过这丝毫没有损坏她在他心中的形象,相反觉得她更加可爱。

“这个还是等到了营地再吃吧。”肖扬阻止了林欣，两人结伴到食堂吃了早饭。

“我没看错吧？肖扬身边的女孩是林欣？他们怎么那么亲密？”李广荣不敢相信地揉了揉自己的双眼，同时心中暗暗发狠，“好你个肖扬，这么大的事情竟然说都不说一声，你到底还有多少事瞒着我？看我回来不和你算账！”李广荣拿出手机对着两人的背影“咔嚓”拍了一张，然后发到了中国学生的微信群中。

在新加坡的中学中，微信是最流行的交流工具。除了韩国留学生，大部分的学生都是使用微信联系的。

两人吃完早饭回到集合地点的时候，已经将近 7 点了，参加 OBS 的学生差不多都到齐了，为了避免不必要的麻烦，肖扬和林欣分开行动。

挤过人群到了中二学生队的集合点，肖扬发现中二学生队的队长竟然是黄冠良。

“没有想到你竟然也报名了。”黄冠良对着肖扬说。虽然同在一个球队，但黄冠良从肖扬身上总是感觉到威胁感，因此从始至终都说不上亲近。

“希望合作愉快。”肖扬点了点头。

黄冠良没有继续和肖扬交谈，因为林欣到了。

“好了，大家都到齐了，我有几句话要说。”黄冠良拍了拍手吸引大家的注意。

十二个同学聚拢了过来，除了林欣外还有另外三名女生。

“自我介绍一下，我是本队的队长黄冠良，来自中二(3)班，大家应该都认识我。”黄冠良自信地说。

“我们即将参加五天的野外生存训练，这不同于平时上课，也不同于篮球赛场，因此要特别重申一下几条纪律。”黄冠良特意看了肖扬一眼，似乎是特意说给他听的一般。

“第一，训练期间一定要听从队长指挥，不能自作主张。”

肖扬的眉头一皱，野外生存训练的目的是培养学生的自理能力、生存能力、团队协作能力，如果什么都要听从队长指挥，那找一个经验丰富的专业训练人员带队岂不更好？不过虽然认为不对，但毕竟黄冠良是队长，肖扬也不好当众反驳他，还是等一会私下里跟他交换意见吧。

“第二，虽然我们是中二的学生，但在本次的训练中我要求你们每一项都要争第一，因此我们的队名就是‘战无不胜’！”

这下肖扬更担忧了，野外生存训练虽然危险性不大，但如果不注意的话还是有可能受伤的，又怎么能要求队员每一项都争第一呢？

……

黄冠良讲完之后，肖扬本想上前劝说，却发现他极为不耐烦，根本不可能听进去任何的意见和建议，只得作罢。

肖扬跟随在队伍的最后上了大巴车，车上几乎坐满了，只有寥寥几个空位。让他意外的是，林欣旁边的位置竟然是空的，他便走了过去："这个位置不会是给我留的吧？"

"臭美！"林欣笑着将自己的背包拿开，此情此景看得黄冠良更加冒火！这个肖扬，怎么哪里都有他！

半个小时之后，巴士在港口停了下来。学生们将要在这里分批乘坐小船前往本次野外生存训练的营地——乌敏岛。

肖扬刚要下车，林欣洁白的小手递过来一支防晒霜："海上日头太毒了，别晒伤了。"

肖扬本不太在意阳光，但是林欣一片好意，也只能接过来简单地涂了涂。

"哎呀，你这样不行，根本起不到作用，你看这里，还有这里，根本就没涂到。"林欣伸手在肖扬没涂到的脖颈处又涂了涂。

小手的温暖让肖扬心中一动，突然有一种很温柔的感觉。

“你们快些，别拖了大家的后腿。”黄冠良语气不善地催促。

走下车，迎着朝阳看着对面若隐若现的岛屿轮廓，肖扬的心中一阵激动：这是他第一次野外生存训练，会发生些什么事呢？

野外生存训练的营地非常普通：广场的周围散布着仓库、食堂、指导员办公室、医务室，以及一个有遮篷但是没有围墙的演讲厅。最醒目的是 OBS 纪念碑：一个高高的由猩红色砖块砌成的三角形石塔，墙壁上凹凸着攀岩的把手，很多先到的学生开始在这里拍照留念，现场一时之间闹哄哄的。

“我们也拍一张吧？”肖扬站在林欣的身边拿出手机，努力把自己、林欣以及纪念碑都装进镜头。

“好呀。”林欣凑近肖扬的身边，因为角度的关系，镜头中的两人似乎是相拥在一起。

“我是你们的辅导员，你们可叫我霍恩。”霍恩是一位

30 岁出头的英国人，个子不高，但很健壮。

“我们将一起度过五天的时间，有问题你们可以找我，不过我可不保证都会给予帮助。在开始你们的野外生存训练之前，让我们完成第一项任务：把你们电子设备、钱包、书籍、零食、饮料都交给我。”

“啊？都要交呀？”很多同学都苦着脸。

“当然，除了必备的药品和衣物，你们不能携带任何其他的物品。请记住，你们是野外生存，不是度假。”霍恩将队员们上交的物品全部装进了红色的尼龙包之后便带着他们走进了一个不大的仓库。

仓库的顶棚上挂着五张蓝色的地单和旗布，那是搭帐篷用的，还有十多件雨衣，很硬很重。旁边的地方放着帐篷包，另外还有指南针、救生衣、安全头盔、安全带等用品。在仓库一角的木架上，整齐地挂着红色的救生哨，这是队员们危险时报警用的。

仓库的最深处有一排木架，上面摆了二十多个两升简易塑料水壶、六个 20 升塑料水罐、十多个军用绿饭盒、两个铝锅、四把捷克大折刀、四把刷子、一个铁锹、两张已经塑封好的全岛地图。

“咦，这水壶口怎么都是污泥？脏死了，怎么用呀？”

一个叫Jean的女孩子拿出餐巾纸用力地擦了擦水壶口的污迹，却发现根本擦不掉。

“你们看这饭盒，都是铁锈。”一个男生嫌弃地说。肖扬记得他叫Ben。

“当你们饿了或渴得受不了的时候就不会在意这些东西了。”肖扬笑着说，“好了，看一看没有破损不能使用的物品，抓紧时间找霍恩调换。”

当肖扬等队员整理好所有物品的时候，黄冠良则带着其他队员领来了两个大箱子。

里面堆满了罐头食品、饼干、苏打饼、麦片、方便面、米饭、火腿、面包……并附有一张每次分配的计划表。

“这就是你们——呃，战无不胜小队五天的野营实物。你们最好按照计划表使用，否则的话很有可能到最后的时候要饿肚子的。好了，现在你们要把所有的物品打包。我们是移动小组，接下来都要在野外帐篷中过夜，这些物品和食物要全部带走。”

打包是一件艰难的工作，要将这么多物品归纳整理成每人一个包，每个包的重量还要考虑到每个人的负重。好在肖扬早习惯了整理行李，这难不倒他。

忙活了一个小时，终于一切就绪，队员们席地而坐吃了午餐，下午要进行一些简单的拓展训练，帮助队员们相互熟悉，增强互信。

霍恩先是把大家带到了攀岩塔下。

“好高呀!”林欣仰头看着十多米高的攀岩塔心中惴惴。此时，她已经换下了白色裙子，穿上了长裤和绑上安全带。

“每位队员进行攀岩时都有一名牵引员、两名固定员以及一名绳索员进行保障，一般来说安全不会有问题。当然，这需要看你们的队友是否可靠，毕竟安全保障人员都由队员们充当。”霍恩耸了耸肩，也不知道他是在安慰呢还是在吓唬队员们。

“也许你会觉得让身边的同学做安全保障是不是太儿戏了？其实你完全不必担心，因为其他人也是这么想的。”

演示了一下安全绳索的使用方法和步骤，霍恩便站到了一边，一副事不关己高高挂起的姿态。

“谁是第一个?”黄冠良问。

“我来。我参加过攀岩训练。”说话的是Ben。

“好！固定人员抓紧时间固定。”黄冠良的脸上显出急切的神情,“我们是战无不胜队,我们要创造最短攀岩时间的纪录!”

负责加固的两个男生分别是沈栋和Jack,第一次做加固员,两人都有些紧张。

“加快速度!”黄冠良忍不住催促。两人的动作更加慌乱。

“不要盲目追求速度,安全第一!”作为绳索员的肖扬连忙提醒说。

“你为什么总是和我对着干? 别的队已经开始攀岩了,我们必须赶上。”黄冠良冲着肖扬大吼。

“我们是来参加训练而不是比赛! 即便是比赛,你也无权让队员置身危险来换取胜利。”肖扬实在有些忍无可忍了。

“Hi,伙计,不要紧张,我有经验没事的。”Ben安慰肖扬说,然后手脚并用,开始攀爬。

“好样的Ben,追上他们!”黄冠良攥紧双拳,不断鼓劲。

“陈祥,集中注意力做好牵引!”肖扬冲着牵引员叫喊。

突然,Ben的左脚一滑,身体已经悬空了。

“啊——”Jean等女生齐声惊呼。

好在Ben有经验，凭借着右手和右脚的力量，重新平衡了身体，总算是有惊无险。

“真险！”Ben吁了一口气，虽然在岩壁上表现得很镇定，但其实是出了一身冷汗。

出了这件事之后，黄冠良也不好再催促了。

攀岩之后又进行了一轮信任游戏，这时已经时近黄昏。

霍恩通知大家要支帐篷和做晚饭了。

一个帐篷可以住四个人，战无不胜小队只有十二人，因此只需要搭建三个帐篷就够了。

林欣等四个女生负责做晚饭，而男生们则依照霍恩的指导支帐篷。

“开饭啦。”林欣对着还在忙碌的男队员们大声叫喊，比刚上岛的时候放开了不少。

“呶，这是你的。”林欣递给肖扬一个饭盒。看得其他男生艳羡不已。

“谢谢！”肖扬拍了拍手，在林欣的身边坐了下来，“怎么样，还吃得消吗？”

“没问题，我很强的！”林欣握了握拳，似乎想证明自己并没有说谎。

也许是饿了的缘故，虽然饭盒锈迹斑斑，堪称简陋，但肖扬还是吃得很香。

“手艺不错呀！”肖扬赞了一句。

“那是自然，本小姐上得了厅堂，下得了厨房，是女生中的全能！”林欣吹嘘着，接着又忍不住笑出声来。

肖扬发现林欣竟然也没有嫌弃饭盒和水壶口的污迹，由衷地说：“我还以为你要渴上一天才会喝水呢。”

“有这么夸张吗？”

“当然！不信你看那。”顺着肖扬手指的方向，林欣看到Jean数次拿起水壶又恶心放下的样子，不由笑出声来。

“对了，这个你拿着，晚上睡觉的时候涂一涂，免得被蚊子咬了。”肖扬递给林欣一盒驱蚊液。乌敏岛上的蚊子很大，很厉害。

“你给我了，自己怎么办？”林欣问。

“这一瓶本来就是给你准备的。”肖扬一笑。

“谢谢！”林欣接过。她并没有告诉肖扬，其实她也带了驱蚊水。

晚饭之后，霍恩又带着队员们进行了一次火警演习，终于将队员们身体中仅有的力气也压榨完了，就连凹凸不平的帐篷地面也显得那么的亲切。

根据要求，晚上是需要安排队员守夜的。仿佛是惩罚肖扬之前的顶撞，黄冠良将他守夜的时间安排在人最困乏的凌晨，对此肖扬也只是淡然一笑。

帐篷中很闷热，辗转好久肖扬才浅浅睡去，似乎只是睡了一会儿，就被其他队员推醒了——该他守夜了。

凌晨的乌敏岛显得略微有些凉，肖扬坐下来，四下里除了隐隐的呼吸声一片安静。

天空中，繁星点点，偶尔一颗流星划过，仿佛石了在平静的天湖漾出一道涟漪，好美。

OBS 的第一天就这么度过了，而这仅仅是第一天。

OBS(二)

第二天一早 6:00，霍恩便叫醒了所有的队员，今天要做的是独木舟训练。独木舟有双人的也有单人的，因为队员是十二人，因此选了六条双人独木舟。

“你们有两分钟的时间决定和谁同舟共济。”霍恩掐了秒表。

“我们有四位女生,必须打散和其他男生一组。”黄冠良语速极快地说,独木舟是体力消耗极大的项目。

“Jean,你和 Ben 一组;林欣——”

“我和肖扬一组。”本来黄冠良想让林欣和自己一组的,但既然她主动选择肖扬,他也不好再说什么。

分组很快决定了,但是在选择独木舟的时候,肖扬又和黄冠良发生了争执。

独木舟有两种,一种是相对窄而尖的,一种是相对宽一些的。窄而尖的独木舟受到的阻力较小,速度也较快,但平衡起来比较难,很容易倾覆。黄冠良坚持选择窄而尖的独木舟,而肖扬则建议选择相对平稳的宽独木舟。最终黄冠良以队长的权威坚持了自己的观点。

在新加坡,学生中的干部比国内更有权力,比如级长的权力甚至等同于普通老师。

穿上厚厚的救生衣,肖扬先爬进独木舟,再拉林欣进来。虽然林欣身体很轻盈,但独木舟还是剧烈晃动,吓得女孩连连惊叫。

“如果让班上的同学看到你这个样子肯定会大跌眼

镜的。”肖扬调侃说。

“讨厌!”林欣娇嗔地拍了肖扬一下。

“我在前面划,你在后面掌握方向。”肖扬说,前面的队员体力消耗比较大,因此他选择坐前面。

听了霍恩的讲解之后,两人熟悉了一下划桨和转向的方法,很快便操作自如了。

“这个也不难嘛。”林欣望着肖扬的背影笑着说。

“嘿嘿,根据我的猜测,恐怕霍恩不会让我们这么舒服地度过的。”

肖扬的话音未落,便见霍恩过来摇翻了一条独木舟。

“现在进行翻船练习。翻船后,你们需要尽快地逃脱,并在临近独木舟的帮助下将船扶正,并重新登船。”霍恩高声叫喊。

很快,独木舟上的队员们像下饺子一般被掀下水。

“呸,呸,好苦呀。”林欣一边吐着呛进口中的海水,一边苦着脸说,因为是在岸边训练,海水只是没到胸口而已。

“没事吧?”肖扬一边把独木舟扶正一边问。

“没事,呛了口水。”

“那就好，把手给我。”肖扬自己先爬上了独木舟，然后伸手去拉林欣，却不想用力过猛，独木舟再次侧翻，两人又一次跌入水中。

其他的独木舟基本上也遇到这样的问题，花费了很长的时间才终于相继重新爬上了船。

“你们比预定时间多用了一个小时！”霍恩看了看手表，神情严肃地说。

“我们的独木舟太窄了，很容易侧翻。”Ben 辩解说。

“那是你们自己的选择。”霍恩说。

“那是队长的选择！”Ben 说。

黄冠良的脸色非常难看，他没有想到独木舟在实际操作中竟然这么难，这让他即将面对所有队员的指责。

“我也是想让大家划起来可以更加轻松，速度更快。”

“我想这个时候说这些都没有用了，我们只能多一些时间去熟悉它。”让黄冠良没有想到的是，肖扬竟然替他说话。

肖扬的话起到了效果，确实，现在争论是谁的责任已经没有意义了，队员们只能继续与独木舟“搏斗”。

“黄冠良之前那么对你，你为什么要帮他？”林欣惊讶地问。

“我品德高尚，以德报怨。”肖扬一本正经地回答，然后又忍不住笑着说，“骗你的，我们是一个团队，现在内讧的话，以后就很难过了。黄冠良的本意是好的，只不过太过着急了。”

接下来，在霍恩的指引下，六条独木舟开始向主营地滑行，过程中又练习了翻船逃脱和相互救援的技巧。

滑行了大概两个小时的时间，终于到达了主营地，参加训练的学员一下子变得多了起来。

行李已经用快艇送过来了，肖扬和其他的男生熟练地搭起了帐篷。不过由于路上耽误了时间，他们到达主营地的时间太迟，平坦的地方已经被其他队伍抢光了，他们只能在砂砾和石头较多的地带搭建帐篷。

晚饭的时候，霍恩布置了第三天的训练内容——穿梭乌敏岛。队员们需要依靠地图、指南针先后经过三个检录点，最终到达宿营地。

此项训练最重要的是选出领航员，因为岛上有很多沼泽，如果领航员领错了路则有可能迷路，甚至陷入危险之中。同时，队员们需要带上所有的物资，每个人的负重都很大，如果绕路的话，消耗也会非常大。

最终，林欣被选为领航员。

吃完晚饭后，队员们纷纷回帐篷休息，虽然地面凹凸不平，但一天的训练让每个人都困乏极了，即便是这样的条件大家也能很快入睡。

肖扬却没有睡着，因为长时间的阳光暴晒和海水浸泡，他的皮肤发了湿疹，上面布满了密密麻麻的红点，针扎一般的疼痛！用毛巾擦身体就好像要把皮肤擦掉一层一般！

夜深人静之时，他开始想父母，想家中温暖的床，想热乎乎香喷喷的饭。真不明白自己当时发什么疯要来参加这个什么野外生存训练。难道真的像李广荣说的那样是因为林欣吗？

想到林欣，肖扬的脑海中又不由浮现出这两天的相处，虽然时间不长，但女孩迥然不同的一面让肖扬印象深刻。两人也仿佛变成了相识多年的朋友，可以无话不谈。

这时，肖扬发现帐篷外隐隐有一个亮点，便穿上外套走了出去，发现是林欣拿着手电在仔细研究地图。

“这段路的图上距离是 2.5 厘米，换算成实际距离是……我一步的距离大概是……大概要走的步数是……”林欣仔细地在图上作着标记。

“这里是个岔路口，应该走左边的这条路。”

……

林欣非常专注，连肖扬走到她的身边都没有察觉。

“这里是沼泽，必须绕开。”林欣想用红笔在图上打个叉，却没有找到红笔。

“咦，红笔呢？刚刚还在这里呢。”林欣自言自语。

肖扬捡起掉落在一旁的红笔递了过去。

“谢谢！”林欣下意识地接过，突然醒悟了过来，惊呼了一声，“你什么时候来的？吓我一跳。”

“刚来，见你太投入就没打扰你。怎么样？看完了吗？伟大的领航员。”肖扬笑着问。

“嗯，差不多了。我想明天应该不会走错路了。”林欣呼了一口气。

“其实你不用这么紧张，你可以明天休息的时候再看的。”肖扬安慰说。

“不行，我的判断直接关系到全队的所有人，我必须做好准备。”林欣不容置疑地说。

“林欣，我发现和你相处的时间越长，就越能感觉到你的优秀。”肖扬由衷地赞扬。

“哪有？”林欣有些羞赧，转而问肖扬，“你呢？怎么还不睡？”

“哦，身上起了不少红点子，又痒又疼，睡不着。”肖扬无奈地说。

“这是湿疹，我带了爽身粉，你等下，我去给你拿。”林欣转身到帐篷中拿来了一盒爽身粉。

“天天泡在水里，很多人皮肤过敏就会起湿疹，泡在海水中会更疼的。来，把袖子卷起来。”林欣取了些爽身粉倒在肖扬的胳膊上，并帮他涂匀。

还别说，肖扬立马感觉皮肤舒服了不少。

突然，林欣好像意识到什么似的，将爽身粉往肖扬的手中一放，娇声说了句“自己涂”，便头也不回地离开了。

第二天的穿梭乌敏岛进行得很顺利，作为领航员，林欣还得到了霍恩的表扬。

不过，肖扬等人背着这么重的物资穿行，一个个累得跟死狗一样，躺下来就不想起来。

然而，他们不知道的是，更严峻的考验即将来临。

遇 险

远足项目，也就是绕岛划行，历来都是 OBS 的重头戏，也是最能体现 OBS 精神的项目。

早餐后,霍恩再次介绍了绕岛划行的路线:独木舟先穿过一个海峡,在中午 12 点落潮前赶到乌敏岛的一端,然后沿着岛北侧的海岸线划行,进入岛的另外一端,拐过一个弯角,再向前划行一公里左右到达目的地。

"听起来很轻松对不对? "霍恩抿嘴一笑,但肖扬却觉得这笑容中有恶魔的意味。

"小伙子们,好好享受你们的旅程吧。"

整理好所有的物品已经是早上 8:30 了,这些物品都会由快艇送到目的地,队员们仅需要每人随身携带一壶水。其实他们本来是不想携带任何东西的,霍恩乘坐的快艇就在附近,会根据需要进行补给。

林欣却发现肖扬除了水之外还携带了一个背包。

"这里面是什么?"

"穿的用的,带在身上比较放心。"肖扬嘿嘿一笑,跟随其他队员走向海边的独木舟。

而此时,谁都没有注意最新的天气警报:"各队注意,各队注意:今天晚间将有暴风雨,请及时做好防护! 再重复一遍……"

"暴风雨?"霍恩冷冷地哼了一声,"到晚间的时候,小队的所有成员应该早已经到了目的地宿营了。"

为了不影响训练的效果,他并没有取消远足项目,但这几乎不算是疏忽的行为却引发了难以想象的后果。

“太棒啦,竟然是阴天,看来上帝是站在我们这一边的。”Ben 开心地说。海上的阳光非常毒辣,在阳光暴晒下划船会更加痛苦。

“开船了。”Jean 兴奋地喊,似乎把这当成了一次旅行。

六条独木舟跟随着霍恩的快艇进入了海峡,海峡中只有一条很窄的通道是安全的,其他的地方布满了暗礁和水草,因此独木舟的速度不是很快。两岸都是茂密的竹林,风景很好,队员们的体力也充足,相互之间叫着、调侃着,很是惬意。

“让我们荡起双桨,小船儿推开波浪……”肖扬轻声唱起了这首在国内算是家喻户晓的歌。

“这是什么歌?旋律很好,不过你的嗓子嘛,就太……”林欣笑着并没有说下去,肖扬五音不全,唱歌也是兴之所至,确实难以对得起听众。

“嘿嘿,人家唱歌要钱,我唱歌可是要命呀。”肖扬自嘲说,“要不还是你来一首吧?”

林欣微微沉吟了一下,正当肖扬以为林欣不会理这一茬的时候，他的身后却响起了轻柔的韵律。

那是一首新加坡的歌曲，肖扬听不太懂歌词，但也觉得很好听。

因为体力的差异，六条小船逐渐拉开了距离，肖扬不得不常常停下来等一等其他人。

"队长，你太快了！"正在这时，Ben 高声叫喊。黄冠良的独木舟已经远远地超出了众人，成了一个单箭头。

"你们快一些，再慢就要落潮了。"黄冠良回头喊。但他的动作大了点，身后的女孩没有控制好平衡，再加上慌乱，船一下子翻了。

"快，根据训练的内容组织救援。"队员们都穿着救生衣，所以霍恩并没有上前救援，而是让队员们进行自救。

肖扬和 Ben 各自驱使独木舟上前救援，但 Ben 的独木舟不小心触碰了暗礁，一下子也翻了，场面一下子混乱起来。

"大家不要慌！"肖扬高声喊，"救援别人先要保证好自己不要翻船。"但他的话还是说迟了，接下来好像中了翻船魔咒一样，又有两条独木舟翻了。

肖扬先赶到黄冠良的船边，帮助两人重新爬进船中坐好，过程很艰难，之前训练的内容似乎一下子都忘光了，有好几次连肖扬的船都差一点翻了。

在这个过程中，黄冠良神情复杂，连一句谢谢都没有说。

肖扬也没有在意，又驾船回去帮助其他的队友。

终于，所有的独木舟都回归了正轨，但整个过程浪费了太多的时间，已经不可能赶在落潮前回到预定地点了。

“噢上帝，看来你们只有绕行了！”霍恩无奈地说。

独木舟不得不按照第二条路线绕行，这要比原定路线远得多，花费的时间也长得多。

又划行了一个小时，队员们的体力已经达到了极限，便选择了一块巨大的礁石休息。

霍恩从快艇上送过来一些包装好的饼干和蛋糕，这算是队员们的午餐了。有一些落到了海水里，队员们要用桨去打捞。

虽然味道很差，但总算补充了一点体力。

肖扬看到林欣的眉头微皱，便笑着说：“很难吃，对吗？”

林欣摇了摇头，小脸微红。

“怎么了？是什么地方不舒服吗？”肖扬又问。

“没什么，你别问了。”林欣小声说。

“发生了什么事都要告诉我，别忘记，我们是拍档。”

林欣犹豫了一下，才吞吞吐吐地说：“我，我想上厕所。”

“啊？”这下肖扬也为难了。这里没遮没挡的，还有这么多男生，怎么上厕所？

“霍恩！”肖扬大声喊。

“喂，你别叫。”林欣面红如血。

“我想上厕所，该怎么办？”肖扬顾及林欣的面子，反而说自己要上厕所。

霍恩做了个下水的动作，示意肖扬到海里解决。

肖扬扑通一声跳下水，想尝试一下，但是海里的水压比较高，而且海水也比较凉，肖扬便意又没那么强，竟然没尿出来，磨蹭了一会又上了船。

“怎么样？”林欣小声问。

“有些难。”肖扬如实说。此时接二连三有一些队员跳下船去，想来也是上厕所的。

“你，转过去。”林欣说。

肖扬知道女孩脸皮子薄，便装作若无其事地转过身去，身后传来女孩下水的声音，过了好一会，肖扬感觉到船身一阵晃动，便转身拉着女孩上船。

“你怎么转身了?”林欣嗔怪说。

“好了?”肖扬答非所问。

“你能不能不问?!”林欣伸手拍了肖扬一下。

“好好好,我不问。”肖扬忍不住笑了。

“你还笑! 看我以后还会不会搭理你。”林欣又羞又恼,撅着小嘴生闷气。

“真生气了?”肖扬问。

“哼!”林欣并不回答,但心中却不是真恼,反而觉得两人这样拌拌嘴似乎更有意思。

午休之后,独木舟又开始行进。

但不久之后,霍恩的快艇就开了过来。

“前面是沼泽,快艇不能通行,你们自己小心,千万别翻船!”霍恩说完便丢下队员,开着快艇先行一步。

沼泽地的水深不过半米,如果双腿陷进沼泽地,人体就会一直下坠,直至被沼泽吞没,因此非常危险。队员们都打着十二分的小心,就连黄冠良也不敢喊着要快了。

穿过沼泽地就进入真正的大海了,浩瀚的汪洋让人有一种油然而生的渺小感。

此时,天已渐渐昏暗下来,海风猎猎,感觉很凉爽。

“看来今天要到晚上才能到达目的地了。”肖扬感叹说。他不知道的是，随着夜晚一同来的除了黑暗还有暴风雨！

“好像下雨了。”Ben 仰起头，刚刚似乎有雨点落到了他的脸上。

“啊？怎么现在下雨呀？”Jean 无奈地说。白天下雨还可以降低一些温度，但是此时下雨，不仅会冷，而且还会影响视线，难以辨清方向。

“大家打开手电，靠拢一些，不要掉队。”肖扬高声喊。但是他的话在海风中不知能传出多远。

天色已经完全暗下来，黑漆漆的海水和天空中的雨水连成一片，无边无际，只有几束手电筒的光芒随着海浪颠簸，让肖扬没来由地一阵心慌。

“所有参加远足项目的小队都回来了吗？”训练营的气氛也非常紧张，暴风雨突如其来，许多小队的远足项目并没有及时取消，如果放任他们在海中漂泊将是非常危险的。

“已经清点了，霍恩带领的战无不胜小队还没有到达预定地点。”

“派船逆流去找，找到之后立即中止，带他们回来。另外，所有的帐篷必须远离海岸，确保不出现任何意外。”

雨越下越大,风也更加猛烈,训练营工作人员的脸色非常严竣。

划了一天的船,此时所有队员的体力都几乎到达了极限,即便是想快也快不起来。

“怎么只有五条独木舟?”突然,细心的林欣惊呼。

肖扬数了一下,确实只有五条独木舟,有人掉队了!

“大家点个到,看看谁不在。Ben,你在吗?”黄冠良的反应也非常快,连忙大声指挥。

排查的结果是沈栋和 Jack 驾驶的独木舟不在。

“有人看到他们吗?”黄冠良问。

“之前经过一块礁石的时候,我看到 Jack 停下来似乎是上厕所,后来就没看到他们了。”Ben 回想说。

“什么时候?”肖扬问。

“大概二十分钟之前。”

“在此之后还有人见过他们吗?”

所有人都摇头,看来他们就是在那里掉队的。

怎么办? 一时间没有人说话。

雨哗哗地下,雨点打在皮肤上甚至有些疼痛!

“雨越下越大,如果继续耽搁下去大家都会有危险。”Ben 慢慢地说,他的意思很明显。这应该是最正确的选择了。在这种条件下，他们没有救援同伴的能力，确保自身安全，并尽快将求援信息告知训练营无疑是最正确的。

“不！我们是一个团队，不能丢下任何一个同伴！”黄冠良抹了一把脸上的雨水说。

“我们并不知道他在哪里！这样没有头绪的寻找太愚蠢了！肖，你的意见呢？”Ben见黄冠良不同意转而征询肖扬的意见，这四天里，肖扬做事成熟稳重，因此大家也比较信赖他。

肖扬回头看了一眼来路，那里黑漆漆一片什么都没有！他知道Ben是对的，但是让他放弃同伴确实比较艰难。

“Ben，你带着其他小组继续赶往目的地求援，我和黄冠良两个小组回去寻找沈栋他们。”肖扬看了林欣一眼。女孩没有说话而是点了点头，显然支持他的决定。

“OH，NO！你们太不理智了。”Ben连连说。

“别再吵了，就这么决定了。”黄冠良说，“我是队长，Ben你带着他们现在就赶去目的地，路上注意安全。如果遇到霍恩，让他赶紧来帮我们。肖扬，我们走。”

在此时此地往回走，面对不可预知的危险需要极大的勇气，肖扬内心在那一刻其实也是害怕的。

“沈栋、Jack!”肖扬和黄冠良一边划船一边高声叫喊，但一直没有回音。

海浪越来越大，维持独木舟的平衡也越来越难，很多时候即使他们费尽力气甚至都不能顺利前行。

“怎么办?”黄冠良神色惶然地问肖扬，他们毕竟都还只是十四五岁的少年。

“再过十分钟如果还是找不到的话，我们就掉头。”肖扬说。风浪越来越大，独木舟里几乎都灌满水了，船身吃水很深，很容易翻，根本禁不住更大的风浪。

“你们听。”林欣做了个噤声的动作。

肖扬等人连忙停下划桨，迎着风声似乎隐隐有人声传来。

过了一会，声音清晰了一些。

“是他们，是他们!”肖扬惊喜地说，四人又开始向前划去。

十多分钟后，肖扬终于见到了沈栋、Jack 两人。他们吓坏了，而且迷失了方向，如果不是肖扬他们回来寻找，他们甚至有可能向大海深处划行!

“太好了，我们还以为被放弃了呢。”沈栋声音哽咽。

“大家没事就好，风浪太大，我们抓紧时间追赶大部队。”肖扬说。独木舟起伏得非常厉害，如果风浪持续增大，非常危险。

另外六人继续向营地方向划行，前方漆黑一片，突然救援船马达的轰鸣声传来，Ben 喜出望外，六人大声叫喊，但暴风雨中根本听不到。

“用手电筒！”Ben 大声叫。

手电筒的光束吸引了救援船的注意。

“他们在那儿！”霍恩喜出望外！如果野外生存训练出现了意外，这个责任他背负不起！

船放慢速度靠过去，把所有的队员都拉了上去。

“怎么只有你们六个？”霍恩焦急地问：“队长和其他人呢？”

“不知道，沈栋掉队了，队长和肖扬他们回去找他们了。”Ben 尽可能简洁地回答。

“他们在什么方位？”霍恩心中一沉。暴风雨越来越大，独木舟随时都有可能倾覆。虽然每个人都穿了救生衣，但这种天气能有几分作用谁也说不准。

救生船顺着 Ben 指的方向继续寻找，但半个小时过去了，依然没有任何的发现。

“霍恩！风太大了，我们救援船太小，为安全起见，需要尽快返航。”驾驶员丹尼尔说。

“再找找。”霍恩说。

“看！灯光！”Ben 突然指着前方。

“太好了，丹尼尔靠上去。”霍恩喜出望外。

“是黄冠良！”Ben 一眼就认出了拿着手电筒挥舞的黄冠良，接着他又发现了沈栋、Jack。

他们的处境非常危险，独木舟已经在暴风雨中倾覆了，四人只能死死地抱住独木舟，以免被海浪冲走。

当他们被救上船的时候几乎已经虚脱了。

“肖和林在哪里？”Ben 大声问。

“我们被海浪冲散了，他们不知道在哪里。”黄冠良断断续续地说。他亲眼看到海水把肖扬的船打翻，看到林欣在水中挣扎，他想去救，可是根本身不由己，他的独木舟也翻了，在大海面前，个人的力量太渺小了！他没有任何办法，只能眼睁睁地看着他们在自己的眼前消失。

“他们大概在什么方向？”霍恩尽量让自己的语气听起来很平和。

“不知道，我不知道，他们被海水淹没了。”黄冠良崩溃了。

"霍恩,我们必须返航。"丹尼尔坚决地说。

"还有两名队员下落不明。"霍恩坚持地说。

"我们并不是不救他们,我们需要换更大的船来寻找。他们都穿了救生衣,应该可以坚持到我们回来。"丹尼尔说。

但是,所有人的心里都清楚,这根本不可能。

"不！我必须找到他们。"霍恩异常地固执。

"霍恩,别忘记了你是一名教练！应该知道什么是正确的事!"丹尼尔大声说。

"就是因为我是一名教练,我不能丢下我的队员!"霍恩寸步不让!

"如果你要回去,我不拦你。不过,恐怕你需要游泳回去了！开船！继续寻找!"

获 救

黑暗,到处都是能吞噬了一切的黑暗!

"抓紧,不要松开。"肖扬用打着冷颤的声音说。

两双手死死地扒在已经翻了的独木舟上,指节发白。

他们已经没有办法控制独木舟的方向，只能就这样随波逐流，不知道海浪将要带着他们去向何方。

“肖扬……”林欣的声音透着虚弱，“我们是不是要死了？”

“别害怕，霍恩会来找我们的。”肖扬安慰林欣，但其实他心里也没有底，连他都不知道的方位，霍恩又到哪里找自己？

“我……害怕。”一直坚强的林欣第一次哭出声来。

“别怕，别怕，有我在。”肖扬心中说着，可是他心里其实也很害怕，如果不是林欣在身边，恐怕他早已经哭出声来了。

此时此刻，他竟然还有余暇想到父母，如果自己死了，他们肯定会非常伤心。早知这样自己就跟胖子一起回国了，干什么要来参加狗屁 OBS 呀！

突然，独木舟碰到了什么东西改变了方向。

“是礁石！”肖扬看着黑暗中礁石的轮廓，应该不小。

“我们爬上去！”肖扬说。一直抱着独木舟在海浪中漂很消耗体力，恐怕他们坚持不了多久。与其被海浪带着四处漂，不如守着礁石等候救援。

肖扬伸出右手扒住了礁石，林欣却没有动。她又冷又累，根本没有余力再去爬礁石了。

肖扬咬着牙抱着林欣一起靠上了礁石。

独木舟在海浪中旋了一下就消失了。

肖扬吃力地一点点将林欣推上礁石，然后自己也爬了上去。做完这一切，他连一丝力气都没有了。

雨还在下着，雨点打在他的脸上，他却似乎没有一点知觉似的。难道这就是结束吗？

“林欣，林欣，别睡呀！”过了好一会，肖扬终于有了一丝力气，他推了推身边的女孩。

他没有急救的经验，但看过一些电视剧，似乎这个时候不能睡的。

“咳、咳咳……”林欣咳嗽了一阵终于醒过来，刚刚被海浪冲了一下，呛了一些水。

“肖扬，我们这是在哪里？”林欣茫然四顾，声音中透着颤抖，“我们不会已经死了吧？”

“没有，没有，我们还活着，活着。”肖扬喃喃地说，似乎在安慰林欣，也在安慰自己。

“我们被冲散了是吗？”

“是的。不过霍恩他们应该正在寻找我们，很快我们就可以脱险。”肖扬说。

经历了最初的慌乱之后，两人的情绪逐渐平稳下来。

衣服已经湿透了，被海风一吹，冷得彻骨。林欣瑟缩了一下。

肖扬将一直随身携带的背包拿下来，拿了一件衣服披在林欣的身上。

“虽然湿了，但总能挡一些风。”肖扬说，“对了，把头遮一下。”

“谢谢！”林欣说。

“这里还有一些吃的，补充一下体力。”肖扬又拿出一些密封好的饼干和蛋糕。

“你好像带了个百宝囊，什么都有。”林欣好奇地睁大眼睛，看着肖扬从背包中拿出一件件平时被看成累赘的东西：吃的、穿的、喝的，手电筒……

“快叫我哆啦A梦。”肖扬笑着说。

“哆啦A梦，快拿出你的时空门，带我们离开这里吧。”林欣忍不住笑着说。

“如果我现在真有一扇时空门，你最想去哪呢？”

两人吃了一些饼干，感觉好了一些。在这种环境下，两人都想找一些话说，害怕沉默，害怕直面现在的处境。

“要是有时空门，我就传送到卧室的床上，换一身干爽的衣服,美美地睡一觉。

林欣说着舒展了一下身体,却险些翻下礁石去。幸好肖扬眼疾手快拉住了她。

这一下两人几乎是抱在了一起。林欣惊魂未定,两手死死抓住了肖扬胸前的衣服,身体蜷缩在他的怀中,动也不敢动。

“女侠,您能不能高抬贵手,我担心我的衣服承担不住您的大力金刚爪。”肖扬试图缓解一下林欣的紧张。

“讨厌!”林欣微微松开了双手,但身体却不敢动。两人姿势暧昧地偎依在一起,一时无言。

过了好一会儿,林欣反问肖扬:“如果你有时空门,你想去哪里?”

“我想回家吃妈妈做的红烧肉。”肖扬咽着口水说。

“吃货! 就惦记着吃。”林欣笑着说。

“到新加坡之后我最想念的就是妈妈做的红烧肉,那味道实在是……难以形容,有机会你到上海,我让妈妈做给你吃。”肖扬说。

“好呀,一言为定!”林欣点头。

“几……点了?”肖扬打个冷颤问。

“你冷吗?”细腻的林欣马上感觉到了。

“不冷。”肖扬硬撑。他的外套已经给林欣了，现在他确实感觉很冷。

“来，我们一起披。”林欣将外套掀起一个角。

肖扬犹豫了一下，也没有继续逞强，只是将林欣又抱紧了一些。

虽然两人时时有肌肤的接触，但因为有救生衣，所以并不会特别尴尬，对两人如此亲密的姿态，林欣竟也没有反感。

“你身上怎么那么热？”林欣感觉到肖扬的皮肤热得烫人！

“你发烧了？”林欣伸手在肖扬的额头上摸了一下，同样很烫！

“嗯，没事。”林欣冰冷的小手让肖扬感到一阵舒服。

“肖扬，你别吓我。”林欣一下子又哭出声来。一直以来，因为肖扬在身边让她感觉很安心，但肖扬一下子倒下了，林欣顿时感觉手足无措。

“发烧多好，自带发热源。”肖扬强笑说。

“不许说这样的话，不好笑，一点都不好笑！”林欣反将肖扬抱在了怀里。

肖扬感觉到浑身软绵绵的，真想这么睡一觉。但他又强迫自己不能睡，眼皮沉重如同千钧，想要睁开真的好难。

“和我说说话吧，不然我要睡过去了。”

“好好，我和你说话。”林欣连连答应，但一时之间却不知道说些什么。

“我听胖子说黄冠良喜欢你，他表白过吗？”肖扬说。

和国内中学不同，新加坡中学生谈恋爱不属于什么了不得的“大罪”，只要不做得太过分（比如在校园中接吻、拥抱或表现得太过亲密）就可以。

“没有想到你竟然问这个。”林欣面色微红，但还是继续说，“他是给我写过一封信，但我丢垃圾桶了。”

“那太可惜了。”肖扬叹息。

“可惜什么？”林欣好奇地问。

“如果你没有丢的话，我倒是很想拜读拜读，看看黄冠良的文笔，顺便也学习一下经验。”

“学什么经验呀？你也要写情书吗？给谁？冯妍？我看你们接触蛮多的，不会是产生感情了吧？”林欣突然感觉有些紧张，一连串的问题。

“怎么会？我要是写情书那也是给你。”肖扬闭着眼说，他感觉意识都有些模糊了，否则这些话他是万万不会说出口的。

“呸！胡说！”林欣感觉到面色发热，却没有丝毫的反感。

“对了，我要是给你写情书的话，你也丢垃圾桶吗？”肖扬又问。

“当然！”林欣毫不犹豫地说，顿了一顿，她又说，“不过我会先打开看一看你的文笔。”

“如果你发现文笔很好呢？”

“哼哼，还是丢垃圾桶。”林欣一笑说。她真的不知道，如果有一天肖扬真的给她写了情书，她会不会像以往那样丢进垃圾桶呢。

“那太可惜了！”肖扬装作很受伤地说。

“喂，你很过分哎！”林欣娇嗔。

“好吧，不开玩笑了，说正经的。下学期的班级舞台剧汇演我已经想好了题材，你来当我的女主角吧？”肖扬说。

新加坡中学每年都会进行一次舞台剧汇演，每个班级选拔一个节目参加学校的汇演，舞台剧的内容需与学习、成长等正能量的主题相关。

“什么样的剧本？”林欣好奇地问。

“罗密欧与朱丽叶。”肖扬强自提振精神说。

“真的假的？那可是爱情剧，你要是真的敢上演，Madam 卢肯定会叫停的。”林欣的兴趣被提了起来。虽然校园恋爱并不是不允许，但也不是光明正大倡导的。而且舞台剧汇演的主题要积极正面，关乎学习成长，不是可以随意发挥的。

“学校还不允许学生饮酒呢，融合派对的时候你不是照样喝到了？而且还是在 Madam 卢的眼皮子底下。最后她还给了我一个 good!”肖扬以此说明他完全可以搞定 Madam 卢。

“好吧，有些时候我真的怀疑 Madam 卢是你的亲戚。”林欣被肖扬说服了，“不过先说好，如果你最终选择的不是罗密欧与朱丽叶这幕剧，就休想让我当女主角。”

“放心吧，我的朱丽叶。”肖扬的话语如同梦呓。

“罗密欧，现在可不是睡觉的时候呀。”林欣俏皮地回应。

“我们还能等到救援吗？”肖扬像是在问林欣又像是问自己。不知道时间过去了多久，暴风雨也不见停，恐怕就是霍恩想救援他们都不容易，此时肖扬真的有些绝望了。

“会的，一定会的。”林欣回答。

突然，林欣呆了一下，继而惊喜地说：“你听，你听，是马达的声音，有船，有船！”

林欣的声音在暴风雨中传送不了多远，但是不断摇摆的手电筒光束还是吸引了霍恩等人的注意！

救援船一点点地靠近，精神松懈下来的肖扬终于陷入了昏迷……

回国

当肖扬再次醒来的时候已经身在主营地的急救站了。

一缕阳光从窗户中透进来，在病床前留下懒洋洋的“脚印”，输液瓶缓慢地滴着葡萄糖，一切都是那么安静。

“林欣！”肖扬艰难地想起身寻找，但一转头便看见女孩躺在旁边的床上，正冲着他微笑，如同天使。

“早安。”林欣欣喜地说，她比肖扬醒来得更早，就这样看着睡梦中的他已经好一会了，此时见他醒来不由红晕上脸。

“早，早安。”肖扬又躺了回去。

第五天的训练两人并没有参加，野外生存训练已近尾声，队员们在营地做一些简单的恢复训练便开始收拾行装准备返程了。

霍恩是在下午的时候到达急救中心的。

“谢天谢地，你们俩没事真是太好了。”此次意外让英国人心中有些抱歉，如果不是他的大意，也许这一切根本不会发生。

“霍恩，谢谢您救了我们。”肖扬礼貌地说。

“不，不，你们应该感谢自己，你们做得很出色！”霍恩由衷地说。在意外发生后，肖扬和林欣两人非常冷静做出了正确的选择，才给自己保留了被营救的可能。

“你们的身体好些了吗？小伙子们想在离开前再聚一聚。”

“当然。”肖扬点了点头，挣扎着站了起来，但虚弱的身体一个趔趄，差一点摔倒。

霍恩扶住了肖扬，却被他挣脱了，“我想我还没有虚弱到要被你扶着才能走路的程度。”

“OK！你是勇士！”霍恩明白肖扬的心情，耸了耸肩，松开了手。

肖扬正要迈步跟随霍恩，却不想手臂上又多了一双小手——是林欣！

“你——”肖扬刚要拒绝。

林欣白了他一眼，“不要逞强！”

呃——好吧。

肖扬尴尬地看了霍恩一眼，就这样在林欣的搀扶下回到了小队中。

当看到肖扬和林欣的一瞬间，战无不胜小队剩下的十名队员一起鼓起了掌。

黄冠良看了一眼肖扬胳膊上白皙的小手，面色有些尴尬，却什么也没有说。

“好了，小伙子们，野外生存训练即将结束了，有什么想对彼此说的吗？”霍恩说。

“非常非常难忘！”Ben 站起身来说，“在这里认识了很多好朋友，也让我在极短的时间里能够快速成长。”

“没有想到，自己竟然那么厉害，可以做那么多的事。”Jean 找到了自信，握了握拳头说。

“谢谢大家没有放弃我和 Jack！”沈栋红着眼圈说。

……

“我想说的是，作为一个队长真的太不容易了，我之前低估了队长的责任，还好，一些都很顺利，我们战无不胜小队果真是战无不胜的！感谢大家这几天来的支持与配合！”黄冠良有很多话想说，但最终只说了一句词不达意的话。

“我补充一下，战无不胜的队名实在是糟糕透了。”Ben 笑着说。

大家一起大声笑了起来。

“肖，到你了。”霍恩转向了一直默默在一旁倾听的肖扬。

肖扬的脑海中回想起这几天的点点滴滴，颇多感慨：“刚开始的时候我觉得自己是自讨苦吃，但是后来我发现，就如同罗密欧每天晚上去爬朱丽叶的窗户一样，重要的除了结果，还有过程。”

他的话显得有些突兀，但林欣显然听懂了，双颊红晕，似嗔似喜地白了肖扬一眼，“即将离开乌敏岛，突然有几分不舍，虽然讨厌极了干巴巴的饼干、黑乎乎的水壶，还有闷热的帐篷、冰冷的海水、摇摆不定的独木舟，但我不后悔，如果有机会我还会报名，就像肖扬说的那样，结果和过程一样重要，关键是罗密欧能否找到爬上窗户的梯子。”

肖扬和林欣的发言如同打哑谜，除了彼此，其他人都听不懂，不过也没有人去深究，起起哄也就算了。只有黄冠良感觉到了一种被肖扬隔绝在外的不舒服。

乌敏岛的野外生存训练结束了，肖扬订了第二天一早的航班。说他是归心似箭一点也不为过，虽然每周都会和父母视频，但心中的思念却有增无减。

领回了手机，一开机，肖扬发现数百条微信信息几乎将他的手机挤爆。

除了一些私信之外，其他大多都是微信群的信息。

肖扬先是把航班信息告诉父母，再一一回了私信，最后才开始关注微信群中的信息。

最火爆的是两个同学群，一个是国内的中学同学群，虽然肖扬只上了一年便转学了，但平时比较活跃，和同学之间的关系也很融洽，听说他要放假回来，顿时嚷嚷着要聚聚。

另外一个则是中二(3)班的中国留学生群，人不多，但竟然有上百条的信息！

“我活着回来了。”肖扬在群里吼了一声，宣誓自己的回归。

但这一嗓子就如同捅了马蜂窝一般。

“你竟然还有脸回来?!”李广荣率先发难。

“坦白从宽,抗拒从严,胆敢抵赖,牢底坐穿!”刘安帮腔。

“肖扬,你就招了吧。”周航立刻跟上。

最含蓄的要数冯妍了,什么话都没有说,只是发了个“搬个板凳看戏”的表情。

“怎么了这是?说好的枪口对外呢?你们都被资本主义策反了?”肖扬发了个摸不着头脑的表情。

“还真是不见黄河不死心呀!有图有真相,兄弟们,上图!”李广荣怒吼。

顿时一张照片被发到了群里,正是野外生存训练第一天,肖扬和林欣一起去食堂吃早餐的背影,两人挨得很近,似乎手都靠在了一起。

“大楼长,解释解释吧,什么时候开始的?”刘安的话语后跟了几个坏笑的表情。

“不就是一起去吃早餐吗,这说明什么?”肖扬这才明白群里为什么会如此的热闹,不由感到啼笑皆非。

“现在在说你的问题,严肃点!”李广荣说。

“就是,谈个恋爱而已,又不是什么大不了的事。再说了，对方可是林欣，万千少男心目中的女神，被你追到了，多有面子呀！”刘安说。

“真没有！”肖扬发了个投降的表情。他和林欣的关系是亲近，但确实还没到那一步。

“死不悔改，再上图！”李广荣发了个怒火中烧的表情。

第二张图也被传到了微信群中，场景是乌敏岛的OBS纪念碑，很多人在那里拍照留念。照片中是一个中国留学生，摆了个很二的剪刀手。

“我不认识他呀。”肖扬迷惑地说。

“看左下角。”刘安提示。

左下角？肖扬竟然在一堆学生中找到了自己和林欣的身影，两个人的身影靠在一起，因为角度的关系，两个人似乎是拥抱在一起。

“我晕，胖子你不去当狗仔队真是屈才了。”肖扬说，两个人的脸仅有黄豆粒大小，而且还有些模糊，就这样还是被李广荣搜出来了。

“没话可说了吧？终于知道什么叫吃瓜群众的目光是雪亮的吧？”李广荣洋洋得意地说。

“你们也不用猜了，我和林欣真的不是那种关系，绝对没有骗你们。"肖扬发了个发誓的表情。

"真没有呀？那太可惜了。还以为你能泡到女神，大振我中华国威呢，唉！"刘安叹了口气。

肖扬微微一笑，也没有再多聊。他的脑海中又浮现出林欣的笑容，响起了伊人说的那句"早安"，不由感到一阵温暖。

"叮咚。"手机又响了。

打开手机，肖扬惊喜地发现是林欣的信息："一路平安。祝你早日找到梯子。"

距离

回到上海，看到父母的那一刹那，肖扬有一种想哭的冲动，怕父母揪心，他并没有将在乌敏岛遇险的情况告诉他们，但杨芳看到儿子又瘦又黑的脸还是忍不住直擦眼泪。

一大桌子妈妈牌丰盛的餐点吃得肖扬几乎走不动路，只有两个字形容，那就是满足！

“扬子,回来了? 周六打球?”发信息的是钱栋,肖扬之前的篮球校队队友。国内的中学还没有放假,因此只能挑周末。

“好呀!”肖扬自觉在新加坡的这几个月中球技又提高了一些,正想找以往的队友练练呢。

周六一大早,肖扬便赶到了学校的体育馆,整个体育馆空荡荡的,只有寥寥的几个人。

“扬子,接球!”钱栋将篮球丢了过来,肖扬一把接住,一连串眼花缭乱的运球,然后急停跳投,篮球唰地一下直入篮筐。

“行呀,没落下。”钱栋赞了一句,两人先练起了对攻,等其他人来了之后,六人分成两队进行了三对三对抗。

“你们怎么回事? 这才多久就打不动了?”肖扬发现队友们的体力都下降了不少。

“呼——呼——你以为我们像你呢。”吴晓平喘着粗气说,“我都快三个月没摸球了,明年就要中考了,作业多得做不完,12 点前能睡觉就算阿弥陀佛了。”

“是呀。”童猛咕嘟咕嘟喝了一阵水,“周六周日还有各式各样的辅导班! 我是再三保证晚上把课补回来才从老妈那里请了一上午的假。”

“不会吧?”肖扬露出难以置信的表情,“怎么说得好像你们生活在集中营似的。”

“集中营? 也差不多吧。”钱栋无奈地说,“我还好些,成绩差,中学毕业上个职校也就行了。猛子的父母给他的目标是四大,每天除了学习就是学习,球队早已经解散了。”

四大即上海中学中的四大名校,即上海中学、华二附中、复旦附中、交大附中 。能够进入四大就等于一只脚跨入了重点大学的校门。

“那你们的兴趣爱好呢?”肖扬问。

“什么兴趣爱好? 在父母的眼中那都叫不务正业。”吴晓平苦笑说。

“你呢? 在新加坡中学过得怎么样?”钱栋问。

肖扬说了在新加坡读书的一些事情,听得钱栋等人大跌眼镜。

“我去,这简直是天堂呀。”童猛说,“上半天学,其他时间可以自由活动,真是太爽了! 不过学业不会落下吗?”

“刚开始我也是这么认为的,但现在我觉得这种教育方式对我的帮助实在太大了! 我可以根据我的兴趣选择课程。平日的作业也不是考试做题,这让我不停地思考对错背后的东西。”

“而且中二结束的时候就可以选专业课了，我准备选最喜欢的经济及金融的课程读。”

“初二就选专业?”童猛皱着眉头问,“如果你选了之后又发现不喜欢这个专业了怎么办？那不是很惨?”

“不会呀,如果发现不喜欢完全可以在中三结束的时候换专业的,中三一年如同试读,就是防止出现误选专业的情况出现。”肖扬已经把这些了解得很清楚了。

“被你这么一说我也想去新加坡了。”吴晓平说,“我感觉现在将大量的精力浪费在以后根本用不着的东西上,像什么奥数、奥英,有什么用呀!”

“嗯嗯!”童猛也有同感,“除了应试,基本毫无用处,太无聊了！我早就不想学了。”

“算了吧,你们也就抱怨抱怨,如果你敢这么跟你爸妈说,恐怕大耳刮子早扇上来了。”钱栋笑笑说。

“说的也是哦。”吴晓平苦着脸说,接着他突然想到了一件很重要的事,“对了扬子,下次回新加坡帮我看看能不能买到撸啊撸限量版锐雯手办,国内抢不到。”

“对哦对哦,也帮我看看有没有柯南同款全套装备。”

说起动漫周边，一直没有怎么说话的陈东立刻来了劲头，“我上次去了动漫展都没有买到。”

“你说的动漫展是 5 月 10 号的那个？那个不行，太小了。我 7 月去日本，需要什么列个清单，我给你们带回来。”孙毅立刻接口说。

“我去，给我带一套限量版海贼王手办。”童猛立刻接口。

接下来几人的话题完全变成了动漫，比如哪个动漫又出周边了，哪个动漫的声优要开演唱会了，哪里有动漫展了等等。

肖扬完全接不上话。

“这件运动服就是我在动漫节上买的。”孙毅指了指身上颇有日式风格的运动服说，运动装的前后两边都印有一个绚丽的动漫女孩。

“只有我觉得这件衣服很娘吗？”肖扬说。

“什么叫做娘呀！这叫流行。”陈东反驳说。

确实，如同陈东所说，上海的中学，甚至大学校园中，对于日本动漫的喜爱确实可以称为流行，甚至成了一些学生日常生活的全部，这是肖扬所不能理解的。也许，他们在这里才能找到自己想要的生活，找到理想中的自我。

“扬子，新加坡中学现在流行什么动漫?”童猛好奇地问。

“说不上流行不流行，虽然我们也会看，但不会在这上面花费很多的精力，不会过多地沉迷于别人构造出来的虚拟世界，每个人都有自己的生活，我们会对自己负责，走好脚下的路。”肖扬认真地说。

中学生已经成为动漫消费的主体，越来越多的动漫以中学生作为主角，以增强代入感和吸引度。

也许是因为平日课业的压抑，也许是因为国内的教学除了知识之外太少关注学生的心理成熟和思考习惯的培养，中学生的思维落后于年龄，缺乏判断力，很容易陷入对某件事物的沉迷，带来非理性的追捧。

陈东等人对于肖扬的话不以为然，继续讨论着动漫相关的话题。肖扬兴趣索然，他不了解他们的话题，也不想花很多精力去了解。

中午聚餐之后，几人便散了，昔日同学的身影渐行渐远。

虽然只是分开半年的时间，但肖扬明显感觉到自己和以前同学的区别，在成熟度、自律性以及思考问题的全面深入等各个方面，肖扬都要高出不少，也许这就是不同的教育方式造成的距离。

接下来的日子里，肖扬按照自己的计划一步步完成了预定的目标。每天他都会和林欣微信聊天。聊天的内容几乎都是日常的琐事，但两人却几乎说不厌、听不烦一般，这种感觉让肖扬感觉很舒服。

一个月的假期很短，即将返回新加坡的肖扬既有不舍，又有几分期待，除了他已经深深地爱上了新加坡的学习生活这个原因外，也许潜意识中肖扬也很期待见到林欣。

"哪一天回？"李广荣问。

"明天。"肖扬说。

"这么早呀？"李广荣惊讶地说，"那你先回去打扫一下宿舍的卫生，我三天后回(坏笑表情)。对了，给你带烤鸭了。"

肖扬笑着摇了摇头，可以预见这个假期李广荣肯定又胖了一圈。

"哪个航班？"发来信息的是林欣，两个人的信息显出熟不拘礼的亲近。

"明天一早。"肖扬回。

"需要接机吗？(疑问的表情)"

“那多不好意思啊呀。(红脸的表情)”肖扬假假地回答,其实心中却非常期待。

“哦,那算了。(偷笑的表情)”

“啊? 我错了。(流泪的脸的表情)”肖扬连忙认错,“明天下飞机能见到朱丽叶吗?”

“哼! 看我高兴。”林欣发完这条信息后便没再回,但肖扬知道女孩肯定会来的。

意外之吻

第二天一早,肖扬便赶往机场,肖长远和杨芳几乎一夜没睡,又将是几个月的分别,但他们也明白既然把孩子送出国,这些都是必然的。

飞机降落樟宜机场,林欣果然如约前来接机。女孩并没有挤在人群中,而是安静地站在人群外。肖扬一走出接机口便看见了她,亭亭玉立。

肖扬用力地挥了挥手,女孩的脸上漾起层层的笑意。

“有没有感动?”两人坐上机场大巴,林欣下巴微扬,得意地问。

“当然，感动得热泪盈眶。”肖扬佯装挤了挤眼泪。

“算了吧，你的演技实在太臭了。”林欣推了肖扬一下。

“你说如果李广荣他们知道你来接我会是什么表情呢?”肖扬可以想象得到他们下巴掉一地的神情。

“他们是什么表情我不知道，但是我敢保证你死定了!”林欣装出一个凶狠的表情，紧接着又有些脸红，真是的，怎么会来接机呢？为了来接机，她还特意跟父母撒了谎，这在以前是根本难以想象的事。嗯，毕竟他在乌敏岛这么照顾我，来接机也是正常的。林欣找了个看似合理的理由，但是脸上还是有一些发热。

“你看我给你带来了什么。”肖扬打开背包。这次返校，除了一个大行李箱之外，他还带了一个背包!

“辣条!”林欣惊喜地说。

没错，正是辣条！这是新加坡校园中最受欢迎的零食！在国内5毛钱一包的辣条在新加坡可以卖到5元一包，而且是有价无市。

除了辣条之外，肖扬还带了肉松饼、奶黄馒头和方便面，这些都属于“硬通货”!

方便面属于比较常见的食物，在新加坡，方便面也分三六九等。最廉价的是马来面，大概一新币左右；稍微好一些的是新加坡本地的方便面，再往上是韩国面，然后是中国的“来一桶”，档次最高的是日本面，一包日本方便面要卖到十新币左右。

“饿死了！飞机上的餐真难吃。”回到学校后，肖扬带着林欣直奔食堂，因为还是假期，校园中并没有多少人，否则以林欣的脸皮之薄肯定不会和肖扬表现得如此亲密的。

挑了个靠窗的座位坐下之后，肖扬拿出一个保温袋，和食堂的工作人员简单地聊了几句后便走进了厨房，看得林欣一脸迷惑。

很快，肖扬又走了出来，不过他手中的保温袋已经不见了。

“干什么去了？”林欣问。

“没什么。”肖扬神秘地一笑，“来吧，看看有什么你想吃的。”

肖扬把菜单递给林欣，林欣点了两个口味清淡的菜，又给肖扬点了个红烧肉。

过了一会，一阵香气扑鼻，服务员端上一笼汤包。

“你是不是弄错了？我们没点这个。”林欣说。

肖扬却做了个噤声的动作，低声说：“你傻呀，上错了我们就吃呗，反正又不用付钱。”

肖扬说着小心地夹起一个，蘸了些醋然后放在林欣面前的盘子中，“这样味道会更好，尝尝看。”

“喂！这样是不对的。”林欣小声地劝阻。

“没什么，趁热吃，如果一会被发现了，顶多我们给钱就是了。”肖扬忍着笑说，“慢些吃，小心烫。吃汤包是有步骤的，先开窗，再喝汤，然后一口吃光。”

“我知道的，新加坡也有汤包。”林欣笑着说，然后轻轻咬了一小口，紧接着她的表情变了，“好香！这是什么汤包，怎么我以前不知道。”

“它有一个名字，叫城隍庙蟹黄汤包。”看到女孩的表情，肖扬很开心。

“你刚刚进厨房拿着的就是它？”林欣冰雪聪明，马上明白了事情的原委。

“什么都瞒不过你，汤包刚出笼才好吃，我买了生的汤包，刚刚请食堂的大师傅帮忙蒸的。”肖扬笑着说。

“肖扬——”林欣打断了肖扬的话。

“啊？”

“谢谢你!”女孩最终只说了三个字,很多话堵在了胸口,红了眼眶。她很感动! 千里迢迢带来原汁原味的汤包一定花费了很多的心思,毕竟从上海到新加坡飞机上就要将近六个小时,如果温度没控制好的话,恐怕这些汤包都粘在一起吃不成了。

“嘿嘿,你爱吃就行。”肖扬傻傻地一笑,女孩的反应让他感觉做这一切都是值得的。

正在这时,厨房的大师傅亲自送来了一块心形的蛋糕。

“肖为女朋友所做的事让我触动,这是我为你们特别制作的蛋糕,祝你们永尝爱情的甜蜜。”大师傅说。

林欣红晕满面,白了肖扬一眼。

此情此景,勾起了大师傅往日的回忆,絮絮叨叨说了好一会才离开。

“女朋友是怎么回事?”大师傅一离开,林欣便“恶狠狠”地小声质问。

“对不起,我担心厨房不帮我蒸汤包,所以才撒的谎。”肖扬一脸尴尬地挠了挠头,他也没有想到厨房的大师傅竟然自作主张又是送蛋糕,又是为肖扬表功,当场拆穿了肖扬的谎言。

“某个满嘴谎话的人应有此报。”林欣低着头说。

“我没有满嘴谎话，真的。”肖扬着急地解释，似乎担心林欣误解自己。

女孩展颜一笑，“好了，算你过关了。”

肖扬这才松了一口气说：“不管如何，今天都是我错了。明天我请你看电影赔罪吧？”

“啊？”林欣一呆。她收到男生看电影的邀约可不是一次两次了，却头一次听到如此蹩脚的理由。如果是以前她肯定一口回绝了，但是这一次，林欣竟然迟疑了。

“我听说这段时间有不少好看的电影。”仿佛觉得自己的意图太过明显，肖扬又连忙补充说。

“是吗？都有什么电影呀？”林欣问，同时心中暗暗说服自己，我是因为电影精彩才答应和他一起去看的，其实是在为自己找一个台阶而已。

但肖扬刚从国内回来，看电影又是临时起意，根本没有做好功课，被林欣这么一问顿时傻眼了，张口结舌说不出话来。

“笨蛋！”林欣暗暗顿脚。

“叫什么来着，你看我这脑子，名字就在嘴边就是叫不出来。”肖扬装作很懊恼地拿出手机开始搜索。

林欣抿嘴一笑，也不拆穿他。

终于肖扬搜到了目前正在上映的一部叫《再见，在也不见》的爱情片。

"听起来似乎有些意思。"林欣点了点头，"好吧，既然你这么诚心赔罪，那我就勉强答应你了。"

肖扬心中暗喜，同时暗暗佩服自己的机智。

他的神情当然没有瞒过林欣，女孩低下头，嘴角含笑，心中用只有自己才能听得懂的语气说："傻瓜！"

当肖扬紧张地等待林欣是否接受看电影的邀约的时候，他已经知道自己对她产生了不一样的感情！而且他都不知道是从什么时候开始的。

更让他欣喜的是，林欣并没有拒绝，那一刻肖扬真的想跳起来。

但是他又不断地在心中告诫自己："冷静！肖扬，你一定要冷静。林欣虽然答应你看电影，但这并不代表什么，不要胡思乱想，不要胡思乱想。"

即便这样，肖扬依然辗转了半个晚上才迷迷糊糊地睡了过去。

正当他睡得正香的时候，却被手机信息的声音给吵醒了。

“谁呀？这么早！”肖扬看了一下宿舍里的钟，才6点多一点，满打满算才睡了三个小时而已。肖扬的心中暗暗发狠：如果胖子敢在这个时候发来信息，看我怎么收拾他！

但是打开微信的一刹那，肖扬的睡意全无。

“笨蛋，睡醒了吗？”是林欣的信息！不知道什么时候，她对肖扬的称呼已经变成了“笨蛋”。更奇怪的是，对于这个称呼，肖扬竟然没有一丝一毫的反感！

“当然，早醒了。”肖扬马上回复。

“吃早餐吗？”

“吃呀。”肖扬点下回复键后的零点五秒就后悔了，可现在撤回也迟了，于是连忙又补充说，“你吃了吗？一起吧？”

林欣咬了咬嘴唇，哼了一声，低声自言自语：“算你识相。”

接下来，肖扬用前所未有的速度五分钟内完成了穿衣、洗漱，十分钟之后他已经走进了食堂的大门，在进门前他还花了十五秒的时间平复了一下自己的呼吸，以免被林欣看出端倪。

食堂里没有什么人，肖扬一眼就看到了林欣。

“我听说女孩子出门前都需要花三十分钟以上的时

间装扮，你从不化妆的吗？”肖扬以别样的方式致歉。

“我丽质天成，从不需要。”林欣憋着笑说，“跑过来的？”

“没有！”肖扬下意识地否认，又掩饰说，“我看到漂亮的女孩子就会呼吸急促。”

林欣终于忍不住笑出来：“你的嘴还蛮花的，以前觉得你老实，看来都是装出来的。”

磨磨蹭蹭地吃完早餐后，两人都没有告别的意思，但肖扬订的电影票又是下午的。

“要不，我们出去走走？来新加坡半年了，胖子他们倒是经常出去，我还没有好好玩过呢。”肖扬想在林欣的面前标榜自己是一个不贪玩的好学生，躺枪的李广荣已经哭晕在厕所了。

“好吧，既然如此，那我就尽地主之谊，给你做一回向导，带你逛一逛。”林欣笑着说。

肖扬虽然出去玩的次数不多，但新加坡大部分的景点都去了一遍。但不知道为什么，这次和林欣一起出来，肖扬觉得这些以前玩过的地方处处新奇。

每到一处，肖扬都要合影留念，刚开始的时候林欣还有些迟疑，但到后来却和肖扬探讨角度的问题了。

“不行,不行,这样拍显得我的脸太大了,我要站你后面。”

“你太高了,蹲下一些。”

“天呀,你的相机没有美颜的吗?”

“逆光了,把我的脸拍得黑乎乎的!”

……

肖扬终于见识了女生对于相机的苛求,即便他觉得林欣已经美得不像话了,但她还是一定要美颜,真是难以理解。

更让肖扬难以理解的是林欣的体力!肖扬经常打篮球,体力好自然不在话下,但两人逛了那么久,连肖扬都觉得有些累了,林欣却没有任何疲倦的反应。

“哎呀,电影快开场了,你怎么不提醒我?”林欣看了一下时间,突然惊呼。

肖扬无奈地摇了摇头,心说我都提醒你三遍了。

当他们赶到电影院的时候,电影已经开始了,两人小心翼翼地摸黑找到了位置。

因为匆忙,两人并没有买零食和饮料。

“要不要吃些东西?”肖扬凑在林欣的耳边小声问。温热的气息让女孩感觉痒痒的。

"算了,电影都开始了,别出去买了。"林欣同样小声回答。

肖扬一笑,从背包中拿出一袋爆米花和一包洋葱圈,塞在林欣的手里,然后又是一瓶橙汁——这是他昨天晚上就买好的。

"我都忘记了你有哆啦 A 梦的口袋。"林欣笑着,又想起了在乌敏岛上,他就是这么细心地照顾自己,双眸瞬间变得温柔如水。

"可是吃了这些东西会增肥的。"林欣装作很苦恼地说。

"你要是不吃的话,我可要收回去了。"肖扬作势要将零食装回包中。

"讨厌!"林欣娇嗔,接过了爆米花,撕开来,拈起一颗送进口中,然后又拿一颗递给肖扬,却没有想到肖扬并没有接,而是直接张嘴吃了,就好像是女孩在喂他吃一样。

林欣愣了一下,顿时红晕满脸,在肖扬的身上轻拍了几下,又羞又恼,侧过身不去理他。

肖扬也不知道刚刚是哪根筋搭错了,竟然做出那样的举动。

他正要解释的时候却愣住了,借着银幕上的灯光,肖扬发现在他们的左前方竟然坐着两个同班同学，男生是黄冠良，女生则是冯妍。她也提前回来了呀？之前胖子曾在微信群里问过大家返校的时间，冯妍的回答是不会提前返校呢，看来爱情的力量果然是惊人的。

两人没有想到会在电影院里被同学发现，因此表现得非常亲密。冯妍抱着黄冠良的右臂，身体侧着靠在黄冠良的身上，时不时地还会递一些吃的到黄冠良的口中，看那熟稔劲儿，显然不是偶尔为之。

肖扬碰了碰林欣，却没有想到碰到了她的手，女孩身体一僵，一颗心扑通扑通地急跳，脑中一片空白。“怎么办？怎么办？他这是要表白吗？可是，可是，不该是这样呀！”

“你看那里。”肖扬小声说。

“啊？”林欣一愣，才知道是自己想岔了，顺着肖扬的指引，林欣也看到了黄冠良和冯妍亲密的姿态。

正在这时，冯妍微微抬头竟然在黄冠良的唇角嘬了一下。

肖扬和林欣的呼吸不自觉地急促起来，虽然亲吻在影视作品中很常见，但这是两人第一次看见同学亲吻，而且林欣因为要看清楚，身子靠在肖扬的身上，那姿势和黄、冯一般无二！顿时，一股旖旎的气息在两人之间酝酿。

“我们还是别看了。”肖扬转头说，却没有想到林欣的脸凑得很近，他的唇擦到了女孩的鼻尖和上唇。对于这意外之吻，两人都不知道该如何是好。

“对……对不起，我没有想到……”肖扬的结巴却让林欣安下心来。

“我知道的。”女孩低声说，“等会电影散场的时候我们先走吧，别让他们看到，尴尬。”

“好，还是你想得周到。”肖扬说着忍不住摸了摸嘴唇，上面似乎还留有女孩的温香，心中一阵甜蜜。

经历过电影院的意外之吻，彼此的感觉又有了进一步的变化，但谁也没有说破。他们都很清楚，以现在的年龄奢谈爱情还太早，反倒不如这样顺其自然，轻松而惬意。

代表之争

三天的时间显得那么短暂，新的学度拉开序幕！

胖子做了一件让肖扬刮目相看的事，和一个傲上天的韩国留学生进行了一场英雄联盟的一对一PK！韩国一直是电竞强国，那名韩国学生也自诩是了不得的高手，并且组织了自己的电竞队，经常在学校附近的网吧拉练。他们最看不起的就是像胖子这样的土豪玩家。结果胖子直落三局杀得对手毫无脾气！用刘安的话说，那叫扬威于国门之外！

中二(3)班的篮球队又赢球了！而且赢的是中三学长。肖扬和黄冠良的配合让对手毫无办法！

刘安晚上翻墙出校被老师抓到了，背了一个口头警告。菁华中学的学生宿舍每天晚上10:30锁门。据刘安自述：那天晚上嘴馋了，想翻墙出去吃些东西，结果被晚归的老师堵住了！人家说“常在河边走，怎能不湿鞋”，可是他“走”了一次就湿了鞋，也真够背的。不过李广荣说刘安翻墙根本不是为了吃东西，而是和外校的一名中国女留学生“勾搭”上了。

……

当然，这些都是小事。一件全校的大事正在发生，那就是舞台剧汇演。

“肖扬，你怎么还没睡呀。”李广荣揉了揉惺忪的睡眼。都1点多了，他已经睡了一觉了，肖扬竟然还没睡。

“我再把剧本改一下，快好了。”肖扬头也不抬地说。

“汇演的剧本呀？”李广荣一听就来劲了，连忙凑上来，讨好地说，“给我安排个角色呗。”

“放心，跑不了你。”

“不过我听说黄冠良也在编排汇演节目。每个班只能派一个代表节目，你有把握 PK 掉他吗？”李广荣担心地问。

“这种事谁说得准呢。”肖扬轻松地说。

“你可别不当一回事，我们必须拉拉票。”胖子说。

新加坡讲民主，老师不会指定参加汇演的代表。代表肯定是学生们自己选举产生的。

“输给黄冠良是小，但咱丢不起那人呀！”李广荣郑重地说。

“有了！”突然，胖子一拍大腿，似乎想到了一条妙计。

“如果能让林欣参加你的剧本演出就好了。我敢保证咱们班至少有一半人会把票投给你。”李广荣非常清楚林欣的影响力之大。

但李广荣马上又泄气了：“其实我也是随便说说。林欣不可能参加你的剧本演出的。黄冠良第一时间邀请她做女主角都被拒绝了。其实，冯妍也不错，但她和黄冠良走得太近，我听说她已经答应黄冠良出演一个角色了！你呀，下手太晚了。”

其实胖子心里清楚，即便肖扬的邀请在先，冯妍多半也会选择参加黄冠良的剧本。

“好了，你也别操心了，我心目中已经有了人选。”

“谁呀？”胖子连忙问。

“保密！到时候你就知道了。”肖扬说着合上了剧本，打了个哈欠，“睡觉，睡觉。”

“在我的手上有两份舞台剧剧本，按照学校的要求，每个班级只能报送一个舞台剧，因此我们必须在这两个剧本中选择一个。”辅导老师 Luis 说。

话音刚落，讲台下便响起一阵议论声。

黄冠良似有感应一般看了一眼肖扬，他几乎可以肯定另外一个剧本就是肖扬的！虽然肖扬确实非常出色，但这一次他准备得极为充分，非常有信心获得代表权。

果然，Luis 继续说：“一个剧本来自黄冠良，另外一个来自肖扬。下面我们将请两位编剧每人用五分钟的时间介绍一下各自的剧本，然后大家投票选出代表我们班的舞台剧。根据剧本递交的先后顺序，我们先请黄冠良介绍，大家掌声欢迎。”

黄冠良信心满满地走上讲台，用挑衅的眼神看了肖扬一眼，然后抑扬顿挫地介绍说："各位同学，参加学校汇演，首要的便是符合主题！纵观以往历届在评选中胜出的舞台剧，主题无外乎学习、融合、团结等内容，其中又以学习的比重最大，比如上一届……"

台下的同学纷纷点头，黄冠良做了大量的调研和比较，发言论据充实，让人信服。

五分钟的发言时间很快到了，黄冠良竟然还没有介绍自己的剧本，而 Luis 也没有提醒，更没有催促。

"剧本描写的是一个学习改变人生的励志故事。主人公林倩——"说到这里，很多人看向了林欣，一听这个名字就好像是为林欣量身定制的。

黄冠良心中微微得意，这正是他想要的结果。

"林倩原本是一位普通的中学生，但她勤奋好学，在老师的关心、同学的帮助下，她被新加坡最好的高中录取，前途光明，完成了人生中重要的蜕变。"

"十分钟的舞台剧分为两幕，形成鲜明的对比和反差，营造更好的舞台效果。语言也尽可能贴近我们的日常生活，以增强代入感和认同感！"

……

不得不说黄冠良的表达能力确实不错，而且逻辑非常清晰，不少同学点头认同。

“当然，即便只是校园舞台剧也要考虑明星的效应。”黄冠良自认为幽默地说。他倒不是说真要请什么影视明星来助阵，毕竟舞台剧中的所有角色都必须是学生自己来扮演，他这么说自然有目的。

“那么冠良同学认为谁出演林倩这个角色更合适呢?”Luis恰到好处地问。

“如果林欣同学愿意出演，我想肯定会取得最好的舞台效果。就是不知道林欣同学愿不愿意为了班级的荣誉而接下林倩这一角色了。”虽然之前被拒绝过，但黄冠良并不死心，他目光灼灼地看向林欣，也许在此情此景之下，在这么多同学的注视之下，林欣会改变主意。也许她之前的拒绝只是脸皮子太薄，也许她还没有了解到自己的剧本是多么的出色。

所有人的目光都转向了林欣，女孩的脸上露出微笑。就在黄冠良心中大喜，以为自己成功了的时候，林欣摇了摇头说：“不好意思。”

只是一句简单的不好意思，但却非常坚决，表明了她的态度。

黄冠良微微露出沮丧的表情，不过他调整得很好，非常礼貌地冲林欣点了点头，表示理解。

“如果林欣同学不能出演的话，我将邀请冯妍同学出演林倩这一角色。冯妍同学是国外留学生，也能反映出一些现实情况，也更能体现融合。”黄冠良很为自己机智的解释而得意，退而求其次的决定竟然让他说出了道理。他并没有征求冯妍是否愿意出演，显然之前已经达成了共识。

“非常精彩！”Luis 鼓掌说。黄冠良的剧本说得上是一幕非常不错的舞台剧。

“下面，掌声有请肖扬，希望他也能带给我们惊喜。”Luis 说。她并不抱有很大的期望，从内心深处说，她对中国留学生在这方面的能力并不看好。

肖扬站起身，不疾不徐地走上讲台，迎着他的是黄冠良胜利一般的微笑。

“黄冠良同学说得非常好，我建议大家再给他一些掌声。”谁都没有想到，肖扬走上讲台的第一句话竟然是为自己的对手鼓掌！

李广荣一阵着急，肖扬不会是临场胆怯，打算认输了吧？

但是接下来肖扬的话又让胖子放下心来。

“我部分同意他的观点，舞台剧确实要树立正确的三观！但是我却不同意贴近生活就能提升代入感和亲近度。”

肖扬的话简明扼要，他并没有一上来就说自己的剧本，如果不驳斥黄冠良的观点，形成先入为主的印象，那么即便肖扬的剧本再精彩也会成为反面教材。

“问大家一个很简单的问题，你愿意在舞台上再看一遍自己的日常生活吗？哦不，应该说是看几十遍。”肖扬的话引起一阵笑声。

历届的校园舞台剧很多都是以日常学习生活入手的，今年恐怕也不例外。

“我想答案显而易见，如果大家都想看自己的日常生活，那么电影院中放映的就应该是张家长李家短的日常故事片，而不是现在的历史片、警匪片、谍战片、科幻片这些内容了。”肖扬的话很短，却把黄冠良的长篇大论驳斥得体无完肤。

效果达到了，肖扬便适可而止，否则被视作对黄冠良的人身攻击就不好了。

黄冠良冷哼一声，以表达对肖扬这种寥寥两句话便达到的哗众取宠的效果很是不屑。

“每个人的心中都有一个梦，有一个自以为的完美人生。比如成为像超人、蜘蛛侠那样的英雄拯救世界；又比如成为国王或王后管理一个国家，受到尊重和敬仰；又或者化身成为某本书中最喜爱的角色，过着与现实中完全不一样的生活……”

肖扬娓娓道来，却引起了同学们的思绪，一些同学面带微笑，似乎已经沉溺于自己的理想世界。

“如果有一天，我们有机会将自己的梦搬上舞台，各位同学，你们愿意吗？”

“愿意！”

“当然！”

“太有趣了！”

……

同学们纷纷表达自己的观点，现场的氛围很是热烈。

肖扬并没有阻拦，他让大家充分宣泄着自己的想法。在这个过程中，同学们对于肖扬的剧本也愈发地好奇和期待。直到现在他还没有透露哪怕一点有关于剧本的内容。

“我也有一个梦想——”肖扬继续说，“我的梦想就是想成为罗密欧，拥有一位像朱丽叶那样的倾心恋人。”

肖扬的话又引来一些理解的轻笑。这恐怕是很多处于现在朦胧懵懂阶段的少男少女们都拥有过的绯色梦想，只是很多人不会像肖扬这样说出来而已。

“而我今天就是要将心目中罗密欧与朱丽叶的故事搬上舞台。”

“我反对！”黄冠良站起身高声说。

所有人的目光都转向他，他才意识到打断别人的发言是很失礼的，还好他有很正当的理由。

“众所周知，罗密欧与朱丽叶是莎士比亚的爱情悲剧，根本与学习无关，甚至是在对立面！我要提醒肖扬同学的是，你的想法虽然很奇特，但这不是你家的小剧场，而是学校汇演的舞台，表演这样的舞台剧会招致怎样的结果，恐怕大家的心里都清楚，既然如此，就不需要在这里浪费时间了吧？”

“感谢黄冠良同学为我们普及知识，否则我们恐怕还不知道罗密欧与朱丽叶原来是爱情悲剧。”肖扬并没有因为黄冠良的打断而气急败坏，反而神情悠然地说。

他说的自然是反话，即便很多人没有看过罗密欧与朱丽叶的剧本，也是知道大体故事情节的，却没有一个人站起身反对，自然凸显了黄冠良的无礼。

“冠良同学请坐，我们先请肖扬同学将他的想法说完。”Luis 说。

黄冠良脸色微红，极不情愿地坐了下来。

“我以为他会说一声对不起的，可他并没有。”肖扬耸了耸肩，语气轻松，引来一阵哄笑。

黄冠良更加难堪，但他强迫自己冷静，他倒要看看肖扬如何自圆其说！如果他说服不了其他人，那最终的胜者还是自己。

“罗密欧与朱丽叶之所以成为悲剧，不是因为他们相爱，也不是因为他们生在了对立的家族，甚至我们对私奔这种错误的方式也可以原谅！归根结底是因为罗密欧没有接受很好的教育，没有学习足够的知识，竟然没有看出朱丽叶的假死，否则，它就不是悲剧而是有情人终成眷属的喜剧！由此可见，学习是多么的重要，知识是多么重要！”

“如果，我们将罗密欧与朱丽叶的经典剧目搬上舞台，直接切入高潮的冲突，并以知识改变命运作结，这样的舞台剧是不是会让你耳目一新呢？会不会吸引你的注意呢？是不是也符合校园舞台剧的倡导方向呢？虽然主旨是舞台剧的核心，但如果我们的形式和剧情也被主旨所束缚，那不嫌太过枯燥和无趣了吗？”

肖扬的话音刚落，几乎所有的同学都报以热烈的掌声。

“他果然找到了梯子。”林欣微笑，用只有自己才能听到的声音说。

“罗密欧与朱丽叶，听起来很有趣！不知道肖扬同学物色到合适的同学出演剧中的角色了吗？”Luis 问。

“当然。”肖扬同样将目光转向了林欣。

同学们纷纷露出恍然的神情：让林欣出演朱丽叶确实是很好的选择。

可是，林欣会答应吗？她之前可是毫不犹豫地拒绝了黄冠良。黄冠良和林欣都是本地学生，他都遭到了拒绝，肖扬就更不被看好了。

李广荣不由一阵担心，心中默念：肖扬呀肖扬，你可别犯傻呀，林欣不可能答应你的。之前在宿舍中肖扬说已有人选，李广荣以为他已经做了准备，留有底牌呢，原来还是林欣。肖扬做事一向妥当，这次怎么就犯傻了呢？

让肖扬郁闷的是，林欣好像忘记了之前的约定，微微低着头，神情淡然。

这让所有人对肖扬的选择更加不看好，只有女孩唇角那一抹若有若无的笑容似乎显出几分不同。

“我认为林欣比较适合朱丽叶的角色！”肖扬得不到林欣的任何回应，只能硬着头皮说。

“自不量力。”黄冠良仿佛预见了下一秒肖扬被拒绝的沮丧。

让所有人没有想到的是，林欣竟然站起身来。

“朱丽叶的角色非常具有挑战性！”林欣缓缓地说。

“看样子这是要拒绝呀。”大多数人都露出了果然如此的神情。

“不过我乐意接受。”林欣并没有继续逗肖扬，俏皮一笑。

“什么？”黄冠良几乎不敢相信自己的耳朵。林欣竟然答应了！

其他人也同样惊愕。李广荣却有些明白了，他看了一眼默契对视的肖扬和林欣二人：这两人之间绝对有问题！

“好，既然朱丽叶已经找到了，那接下来——”Luis刚要宣布开始投票却又被肖扬打断了。

“对不起老师，我需要更多演员。”

“啊?”Luis 一愣,不明白肖扬话里的意思。

“各位同学,参演的校园舞台剧代表的是我们中二(3)班,我希望这里每一位同学都能参加到演出之中,我为你们都安排了角色,还请大家支持我,让我们一起呈现一幕大戏,因为我们是一个团队。”

虽然很多同学平时不太活跃,甚至有些孤僻,对班级的事也不太关心,但这并不代表他们不愿意参与班级活动。恰恰相反,在这个年龄段,谁不愿意出风头?以前不过是没机会罢了。

现在肖扬给了他们这个机会,而且以请他们帮助的形式,这让他们更乐于接受。

一时间,除了三位同学确实因为个人原因不能参加外,就只有两名菲律宾的留学生不愿参与了。到了这一步投票已经是多此一举了。

“这是作弊!”黄冠良小声发泄着自己的情绪。为了能够在投票中获胜,他之前还特别和库纳勒联络了感情,就是希望关键时候可以获得更多的选票。

却没有想到肖扬这一招直接将选举人变成了自己人,让选取失去了意义。

“冠良,不要太气馁,以后还有机会。”一个温厚的声音在黄冠良的耳边响起，是黄冠良的“死党”兼临桌徐荣浩，在黄冠良的舞台剧中也是锁定了一个角色的。

“谢谢！”黄冠良很是感动，关键时候靠得住的还是死党。

“不用谢。”徐荣浩拍了拍黄冠良的肩膀，“不说了，我也去那边混个角色。”说着他高高地举起了手。

她是我的女朋友

“牛呀扬子！”胖子冲肖扬竖了竖大拇指，“刚开始的时候，我还以为你要认输了呢，没有想到你来了个惊天大逆转呀！你是没注意黄冠良的脸色，都绿了。”

“就是呀，扬我国威，大涨士气！”刘安赞同说。

“小意思，我也就只用了五分实力，本来是想让让黄冠良的，谁想到他那么水。”肖扬摇了摇头，得瑟地说。

“哈哈哈，说他牛，他还真喘上了。”众人纷纷起哄，都是极为开心。这是一场酣畅淋漓的胜利！

“庆祝！必须庆祝！”李广荣大声说。当日他单挑战胜韩国游戏王之后肖扬和刘安也为他庆祝。

“看，冯妍。”周航说。

中二(3)班只有五位同学没有参加演出，其中就有冯妍。

几人顿时安静了下来，冯妍和黄冠良恋爱之后和其他的中国留学生都有些疏远了。

“肖扬……对不起。”冯妍走到肖扬的身前，小声说。

“没关系的冯妍，其实我也给你准备了一个角色。”肖扬说。

“谢谢你，我还是不参加了，也请你们理解我。我去安慰一下冠良，再见。”冯妍说完便转身离开了。

“我就看不出黄冠良有什么好，冯妍怎么就看上他了呢？八头牛都拉不回来。”周航郁闷地说。

“我也看不出扬子有什么好，可是林欣怎么就看上他了呢?”李广荣转移矛头说。

“对呀!”被李广荣这么一提，刘安、周航也想起来了，林欣一般对男生都比较冷淡，但现在对肖扬似乎有些好得过分。

“黄冠良的林倩那个角色很明显是为林欣量身定做的，都被她毫不犹豫地拒绝了。没有想到她竟然接受了朱丽叶这个角色，要说这其中没点猫腻鬼都不信。”李广荣头头是道地分析。

“快说！否则今天别想过关。”众人拿出了要严刑逼供的架势。

“哪有什么猫腻？明明是我的剧本吸引力太强了，连林欣都抗拒不了呀。”肖扬假假地说，可是脸上的笑容却是忍也忍不住的。之前在课堂上差一点被她吓到了，还捏了一把冷汗。

“肖扬！”正在这时，背后一个清脆的女生叫。

是林欣！众人一起转身。

“关于剧本我有一些想法要和你商量一下，你有时间吗？”林欣面色微红。

刘安、李广荣交换了一下眼色，神情不言自明。

“这个……那个，我们本来说好要一起吃饭的。”肖扬吞吞吐吐地说，虽然心中千肯万肯，可也不能将“重色轻友”表现得如此明显。

“别装了，快滚去吧。”李广荣在肖扬的背上推了一把。

两人沿着夜色初上的校园小路缓慢行走，新月初生，花叶吐芬。两人都很享受眼前的静谧，一时之间都没有说话。靠近的两只手时不时地会触碰在一起，谁都没有避开。

“祝贺你!”过了良久，林欣才说。

“刚刚开始而已。”肖扬并没有在林欣面前继续得瑟。

“嗯?”女孩好奇地看着他，似乎在鼓励他继续说下去。

“这次舞台剧，我融入了很多内容，参演的同学也很多，这是优点，但也是难点，如果不能充分排练，那么结果肯定会一塌糊涂。”肖扬微微皱眉说。

“看来我不需要提醒你什么了。”林欣松了一口气。

肖扬一愣，但马上就明白过来，林欣是担心自己被胜利冲昏了头脑，所以来提醒自己的。

正在这时，一名女生哭着从两人的前方跑了过去。

“好像是冯妍。”林欣刚想出声去叫，却被肖扬阻止了。女孩子脸皮子薄，如果这个时候去劝冯妍，反而会让她难堪。

冯妍刚刚是去安慰黄冠良了，那么惹哭她的是谁不用猜就知道了。

“跟我一起去见见黄冠良吧。”肖扬说。

“啊? 黄冠良?”林欣一愣，肖扬的思维跳跃得也太快了吧?

顺着冯妍过来的方向,肖扬和林欣很快便看到了黄冠良,他坐在长条凳上,双手抱头,似乎非常苦恼和难过。

一个身影在他的身旁坐了下来。

“我让你滚,没有听到吗? 我不用你来安慰!”黄冠良低声嘶吼。

“我真没有想到平时那么阳光的黄冠良竟然如此的颓废暴躁,而且没有礼貌。”林欣说。她可以肯定,如果今天肖扬和黄冠良易地而处,他绝对不会如此。

“怎么是你?”黄冠良一下子抬起头来,他刚刚以为是冯妍又回来了。

“你怎么会在这里?”他又问。

“我带她来的。”肖扬说。黄冠良这才注意到肖扬。

“是冯妍告诉你我在这里的? 你是想来看我失败的样子吗? 你的目的达到了。”黄冠良耿耿于怀地说。他没有想到准备得如此充分的舞台剧竟然还是败给了肖扬。

“不,你错了。事实上我根本不知道你在这里,也没兴趣看你是什么样子。”肖扬淡淡地说,“我和林欣只是想找个安静的地方待一会儿。”

找个安静的地方待一会儿？黄冠良“听懂”了肖扬话中的意思，“难道你们——”他难以置信地看了看肖扬和林欣，虽然林欣接受了肖扬的角色，虽然他们平时显得很友好，但黄冠良从来没有想过林欣竟然会成为肖扬的女朋友，或者说他不愿去想。

“没错，林欣是我的女朋友。”肖扬点了点头。

林欣一惊，看了肖扬一眼，一时之间不明白他为什么要这么说，却也没有立刻拆穿他。他肯定有他的用意——她对自己说。

“是吗？”黄冠良双目无神。虽然已经和冯妍确立了关系，但却一直隐瞒所有人，就是希望有一天还能够等到林欣。然而这个等待现在已经没有意义了。

“黄冠良，我一直觉得你是一个不错的对手，但是现在我很失望！你根本不配当我的对手。”肖扬说。

“你说什么？”黄冠良霍地站起来，怒视着肖扬。

“我有说错吗？一个不敢正视失败的人根本不值得尊重。”肖扬说，“如果你还是个男人，如果你还是黄冠良，那就拿出你的自信和我竞争。”

“好！我会让你看到，今天的失败我一定会找回来。”

黄冠良激愤地说。

“我不信!”肖扬耸了耸肩,一脸轻视。

“你——”

“如果你要证明给我看,很简单,来参加我的舞台剧。拒绝,显露的不是你的骨气,恰恰是你的胆怯、懦弱和逃避! 我给你准备好了角色—— 帕里斯(罗密欧的情敌)!有本事在舞台上证明你比我更出色。”肖扬语速极快,语气不容置疑。

面对肖扬的步步紧逼,黄冠良犹豫了……

“你怎么知道黄冠良会答应你?”回宿舍的路上,林欣忍不住好奇地问。

“我不知道呀,我只是尝试一下,如果他不答应我就让刘安演帕里斯,或者库纳勒也行,他一直想要个台词多一些的角色呢。”肖扬不负责任地说。

“啊?”林欣有些傻眼了,“我看你信心满满地说服了黄冠良,还以为你早就制订了计划呢。”

“电视里不都是这么演的吗?”肖扬嘿嘿一笑,接着反问说,“刚刚我说你是我的女朋友,你怎么没拆穿我呀?”

林欣看着肖扬,很郑重地说:“因为我相信你。”

落幕

菁华中学一年一度的舞台剧汇演开始了。

在后台准备的肖扬心中并没有底，将近一个月的努力排练，直到今天他都无法十分满意。

“大家过来一下。”肖扬拍了拍手。

参演的十九位同学都聚拢了过来，包括黄冠良。

“废话不多说。我只想强调两点：第一，在这个舞台上，每一个人都很重要，即便没有一句台词，但你也决定了一幕舞台剧的成败；第二，拜托大家，演完之后我请大家搓一顿！”肖扬其实想说很多，但是此时此刻，这样做可能会增加同学们的负担，适得其反。

“好呀！”演员们同时起哄，氛围一下子轻松很多。

肖扬穿着从照相馆租来的欧洲贵族服饰，凝望着前台，神情中似乎有一丝紧张。

“Hi！”林欣在他肩上拍了一下。

肖扬转过身，顿时惊艳了。林欣穿的同样是从照相馆里租来的服饰,美丽中更显优雅和高贵。

“傻看什么呢?”林欣的面色微红。

“你见过仙女吗?”肖扬说。

“啊?”林欣没明白肖扬话中的意思。

肖扬将手机相机调成自拍模式,递给林欣说:“来,看看仙女。”

林欣看了一眼,面上的红晕更浓。

“讨厌!”她白了肖扬一眼,颇具风情。

“紧张吗?”林欣问。

“说实话,紧张。”肖扬点了点头。

“真没有想到你也有紧张的时候。书上说,紧张是因为对自己的期望太高,你降低一下期望试试。”林欣笑着说。

“如果这算是安慰的话,我接受。”

正在这时,场务推门进来提醒。肖扬的精神一振,终于要上场了。

“下面表演的是中二(3)班,他们表演的舞台剧是《罗密欧与朱丽叶》。”主持人高声报幕,看台上顿时响起一阵嘈杂的议论声。

评委席上,Madam 卢、约翰逊等老师以及去年汇演第一名的学生代表早已拿到了节目评分单，倒没有那么惊讶。

大幕缓缓拉起，首先映入观众眼帘的是一座墓，墓碑上写着“朱丽叶之墓”。

“不——”肖扬扮演的罗密欧悲痛欲绝，一剑劈在了墓碑之上。

顿时，一声巨响，墓和墓碑应声碎裂，碎片如同慢镜头一般飞舞。因为表演不是很专业，所以观众还是可以模模糊糊地看到一些穿着黑衣服的学生拿着道具模拟着它们飞行的轨迹。

这是肖扬融合了黑幕舞台剧的表现手法所做的尝试，也是他的最大底牌！

观众们果然发出一阵阵惊呼，效果基本上达到了。

“中二(3)班?”Madam 卢低声问约翰逊，“是不是肖扬那个班?”那天的融合派对给她留下了深刻的印象。

“是的，而且据我所知，这幕舞台剧还是出自他手。”约翰逊点头回答。

“这孩子总能给我们很多惊喜。”Madam 卢展颜一笑。

坟墓碎裂之后，林欣扮演的朱丽叶出现在舞台上，聚光灯下,女孩的双目微闭,仿佛只是睡着了。

"朱丽叶！等等我。"肖扬将剑狠狠地插入自己的腋下,立刻有穿着黑衣服的同学抛出道具,表现鲜血飞溅的场面。

罗密欧躺在了朱丽叶的身边,而此时朱丽叶却悠悠醒转,趴到了已经失去生命的罗密欧身上。

哀婉的音乐响起,画外音开始推动剧情的发展:"罗密欧与朱丽叶,一对甜蜜的恋人,却只留下苦涩的爱情……不！这并不是最终的结局！事实的真相是,罗密欧并没有死,他穿越了——"

一道闪电闪过,穿着黑衣服的同学立刻用一扇KT板制作的大门(上方标注有菁华中学的字样)挡住了林欣的身体,帮助她离场。

"这是哪里,我怎么会在这里?"肖扬站起身,一脸的惊讶。接下来就是描写罗密欧在菁华中学勤奋学习掌握了丰富的科学知识,并成功制作时空穿梭门再次回到了他自杀之前。在此过程中,各种道具的奇思妙想让台下观看的学生们不由发出阵阵惊叹。

就当所有人以为舞台剧即将结束时,大反派——黄冠良扮演的帕里斯伯爵上场了,和罗密欧展开了一场惊心动魄的大战！最终，罗密欧利用所学的科学知识打败并杀死了帕里斯。

然而，朱丽叶却迟迟没有醒来。肖扬做了一个飞吻的动作，一个红红的吻痕凭空出现，飞向朱丽叶。

被肖扬"吻"醒的朱丽叶如同天使一般飞奔入罗密欧的怀中，大幕开始缓缓降落。

正在这时，林欣突然问："你爱我吗？"

肖扬一呆，因为这句台词在剧本中没有！

不过他的反应非常快，"当然！"他回答，"我对你的爱亘古不变，就如同黄岩岛永远属于中国一样。"

"说得好！"台下的中国留学生大声叫好，并且纷纷鼓掌。

林欣暗暗地掐了肖扬一下，她知道这是肖扬趁机报复菲律宾学生曾经抨击中国人权问题的讨论。

在最终的评选中，中二(3)班的舞台剧毫无争议地摘得了桂冠，即便很久之后也是菁华中学的同学们经常谈起的话题。

肖扬坐在曲终人散的剧场台阶上，身上软绵绵地动都不想动。

"怎么了？还在回味？"林欣笑着在他的身边坐下来。

“我想抱抱你。”肖扬突然说。

“舞台上还没抱够呀。”林欣俏脸通红。

肖扬不好意思地一笑，没有继续要求。林欣却主动将头靠在了他的肩上。

“肖扬，你知道吗，刚开始的时候我把你当成我的对手，因为好奇所以接近。但随着对你的了解越来越深，我发现，你从来没有把我当成对手来防备，你坦诚、善良、成熟、思虑周全……似乎没有你解决不了的问题。我不知道你是如何做到的，但我很佩服你！”

“太肉麻了，你这样夸我，我会骄傲的。”肖扬有些不好意思地笑了笑。

“其实我没你说得那么好，我只是觉得我们现在青春当年，就要去多尝试。而不管做什么事，都要尽自己所能做到最好。尽自己所能并不只是说态度认真，这还远远不够！比如融合派对，我没有任何经验，所以我借了五本相关的书籍，学习借鉴；我还专门向以往几届的学长学姐请教。比如写这个剧本，我先是学习了舞台剧相关的知识，然后参考过往获奖的舞台剧，同时还要再深想一层，推陈出新，取得突破。还有野外生存训练……”肖扬说了很多，这些话他并不想说给别人听，但是林欣与别人不同。别人只能看到他的成功，没有看到他背后的付出，即便是胖子也只是看到他熬夜写剧本而已。

“中国有句话叫凡事预则立，不预则废。这正是我的做事准则，每时每刻都要做最好的自己！”肖扬认真地说。这样的想法是在他到了新加坡之后才逐渐形成的。

肖扬自问，如果他还在国内读书，恐怕他也会和以前的同学一样，读辅导班，迷恋动漫或者游戏。

是什么改变了自己？

是老师吗？可并没有任何一位老师教他这些知识；是学习环境吗？似乎关系不大；是教学方式吗？也不尽然……

虽然每一个原因都似是而非，但正是这些因素综合起来，促进他像成人一样思考问题，去要求自己，让他在一些方面快速成长。

“好了，美丽的朱丽叶，早些回去吧，明天还要上英语课呢。”肖扬站起身，拍了拍屁股上的灰尘。

“好的，罗密欧。”林欣笑着回应，然后故作苦恼地说，“现在恐怕也就英语能让我在你的面前保有一份自信了。真是的，希望你能到 A 班，又不希望你到 A 班，好矛盾。”

“顺其自然。”肖扬的脸上闪现出一丝诡秘的坏笑。

第二天英语课，林欣正在埋头预习今天的学习内容，一个男声在她的耳边说："同学你好，请问这个座位有人吗？"

林欣霍然抬头，双眸中惊喜无限……

跋

新加坡报业控股华文媒体集团董事（负责人）　李慧玲

我没有见过小说作者耿望瀛其人，而是先睹其文。因为和作者的父亲同期在美国学习，听说望瀛写了小说，我自己作为报刊文字的耕耘者，自然有兴趣拜读。结果，这位中学生对文字的驾驭能力让我欣喜，文字中透出的观点和气质，让我更对这位少年作者充满好奇。

小说的内容围绕着一群中学生，但是小说的结构、人物的塑造和文字的运用却超出一般中学生的水平，成熟稳健。小说一开始交代了主角肖扬与父母选择让他到新加坡留学的背景，之后场景一替换，镜头就转向肖扬所在的新加坡私立学校菁华学校，以及他和老师、同学的相处之上。肖扬离家的心情，在作者笔下，那是一只风筝，“表面上风筝竭力挣脱线的束缚”，但是心里清楚“线默默掌握着风筝的方向与高度”。他“像风筝一样正向着那个叫新加坡的国度飘呀飘呀……”

中国留学生自小离家出国的人数越来越多,他们真正经历了什么样的心情,怎么样的调整,想必各有不同。而作者自己拥有的是到新加坡上学的经验,写的是到新加坡的故事,从一入学接受的英语考验,到和不同国籍与文化背景的同学相处,意外与成功地竞选楼长,球场上的比拼,组织融合派对让师长留下深刻印象,到后来去外展训练中心(Outward Bound Singapore)与同学们遇险时患难与共,以及最后舞台剧汇演的改装经典的《罗密欧与朱丽叶》。作者由生活中的小障碍切入,描述的既是中学生活的小日子,包括异性同学的互相吸引,然而,他也营造了一个小高潮接着一个更大的高潮,层层推进。作者写到外展学校的险象环生,把小说中人物的智慧、性情、仗义等等,集中体现。

这当中的情节,作者应该不是全凭想象力杜撰的。人物之间的一些故事或许是,但是作者对人的感情和心理活动的描述,想是来自生活中的阅读和细腻的观察。比如他写肖扬与他身边同样来自中国的同学李广荣,这似乎是男主人公身边的陪衬角色,以衬托肖扬的沉着与成熟,作者却宽宏地为李广荣着墨,并且在肖扬与李广荣谈到和家人的关系时,捕捉了他"表面上一点都不在意,但内心是很孤独的”。特别是后面一句:“不过有些话不能劝,只能拍了拍他的肩膀,以示理解和安慰”,对同学兄弟之间纯真情谊的洞察力,超出了一般十几岁的少年的掌握。

作者以来自上海学生的视角,观照新加坡的教育制度,一样让人欣喜。新加坡学生一般忙于应付课业,承担父母给予的压力,在校时也因为眼前的学校生活是自己读书期间的全部体验,而不一定看得出所在教育体系的特点。作者来自不同国度,有他的中国经验作为参照点,投入新加坡的学校制度后,在小说中为此做了记录。比如中学生所念的科目,上历史课时候老师着重于让学生自主学习,通过查资料建立自己的观点等等。此外,因为新加坡是个开放而多元的社会,校园其实是这个社会的缩影,学校里有来自不同族群的老师、学生,包括印度裔、西方人、本地学生、新移民和外国留学生等。本书作者的记叙中,显示他留意到这些不同之处;他笔下写课外的活动也多,让人感觉他在校不是个只专注读书的学生,调整自己和适应新环境能力很强。懂得去理解和体会别人的不同,也是出国学习经历中重要的收获。

但愿新加坡的这一程能够给望瀛一些美丽的回忆,

让他得到珍贵的友谊，能够促成他的成长。学校生活里，有课业与成绩，但也有埋首课业与争取好成绩之外的内容，可能是人生用之不尽的东西。肖扬在小说结束前认真地跟新加坡女同学林欣说的许多话，是肖扬在新加坡学习的总结，或许也是望瀛自己的总结："我只是觉得我们现在青春当年，就要去多尝试。而不管做什么事，我都要尽自己所能做到最好。"他强调的是"每时每刻都要做最好的自己"。不论是肖扬还是耿望瀛，一个十几岁的少年有这样的自我期许，再次显示他心智的成熟，有时读之还稍微心疼这少年会不会对自己要求太严苛了。

在这个充满无限可能的年代，过了这个驿站，这个少年的未来，让人期待。